ヤマケイ文庫

若き日の山

Kushida Magoichi 串田孫一

Yamakei Library

1953年、西穂にて

若き日の山　目次

I

II

III

IV

I

馴鹿の家

私は独りで薪を燃やしていた。太い山毛欅《ぶな》の薪で、燃えつけば容易なことでは消えない代りに、どんどん燃えさかることもない。背中が冷えて来るし、ぽつんとしているのが変に具合も悪くて、もっと炎を明るく、顔が赤くほてって来るようにしたかったのだが、その薪の肌をかき立てれば、火の粉ばかりが楽しげに煙突へ吸われて行くばかりで、却ってその後は寒々として来るのだった。

私は遠い他国へ来ている気持になって、シベリヤの冬を考えてみたり、カナダの田舎を想ってみたりする。その時私は満十四歳になって僅かしかたっていなかったが、どういう加減か老人の心持が分って来るようだった。誰から見離されたのでもなく、ただ自分から一人だけの居場所を見つけて、こうして火をいじりながら冬の夜をすごしている老人が、この地上にはどのくらいいるか知れない。彼らはそれほど疲れている訳ではないが、その一種の宿命的な、自ら選ばざるを得なくなった悲しみを怺《こら》えながら、なかばそれに慣れた顔付で、燃える火を見ている。彼らが何を考えているか、

それが私には分るような気がする。
私の山への思慕は、こうしたある年の大晦日から始まる。煙突を唸らせているこんな風も初めてだったし、この小屋の二重の硝子窓を打つ雪の音も珍らしかった。そしてこれほどの寒さも、これほどの心の冷たさも初めてのことだった。火にすがりついているより仕方がない。

＊

それは山の中腹に建てられたかなり立派な小屋だった。外から入れば扉をあけまたもう一つ扉をあけたところが、私の好んで火の番をしていた土間なのだが、そこから四、五段上ったところには、またもう一つ別の扉で寒気から充分に隔離された広間があり、そこは余程の朝か何かでなければいつも煖炉《だんろ》であたためられていた。みんなこの小屋を利用する人たちは、そのあたたかい広間に集っていた。

大きいテーブルがあり、長椅子もあり、煖炉の前で本を楽しく読むことも出来たし、床には上等な絨毯《じゆうたん》も敷いてあったから、火の前に坐り込んでもいられた訳だ。けれど私がそこよりも好んだ土間は、丁度太い煙突を中心にしてこの煖炉と背中合せになって、二つ置いてある椅子は木製だった。外から雪だらけになって入って来る人たちが、そこへ暫らく腰をかけて、上衣や足にこびりついたこちこちの雪をとかすためのものだった。だからうっかり腰をかけると、その椅子はぬれていた。ただ私を慰めるともなく、黙って見おろしているのは、その煖炉の上の壁にとりつけてある剝製の馴鹿《となかい》の首だった。

厳めしい角だが、鼻面や頸のあたりは、いつも優しくて、その角で何を威嚇しようとしても、すぐに気の弱さや、心持が華奢に生れついていることを見破られてしまいそうな、そんな動物に思われた。

それは、こうして剝製になって、壁の飾りになってからもよく分った。

*

窓の外に吊して、窓硝子の曇りを拭い取りさえすればそこから見られるようになっている寒暖計は、この寒い吹雪の晩に、氷点下五度に下っていた。私は、懐中電灯をつけてそれを見た時の、指先の冷たさや、背中の寒さを覚えているが、その氷点下五度というのは気温ばかりではなくて、自分の心の温度でもあったような気がする。

この心の冷たさを温めるために、私は再び燃える薪の近くへ椅子を引き寄せて坐ったが、それは大して愚かなことでもなかった。何故なら、やっとのことで炎を勢いよく出し始めた火が私をあたためて眠りに誘い、いつの間にか、馴鹿の牽く橇にのって、山の重なる雪道を走って行く夢を見た。

それは私の知っているところではなく、何処を見ても一面の雪の、寂しい起伏の続いている山の麓のようなところではあったが、馴鹿は私をのせた橇を、自信をもって牽いて行くので、私はどこか知らなくても、暖かく自分を迎えてくれる一軒の家があることを疑わなかった。そこには人は住んでいなくて、馴鹿が優しい人のような生活をしているようにも思われた。

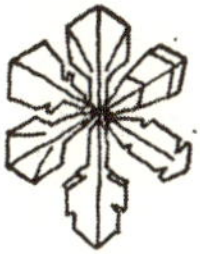

風の伯爵夫人

　私は別に疲れていた訳ではなかったが、この数日あまり山へも登りたくなかった。朝日の昇る頃に出発する仲間を送り出してから、パンのかけらか僅かの朝食をたべて、空っぽになった天幕の中にごろごろしているのが気持よかった。何だ今日も留守番か、そう言って、二日目三日目は私のことを気にかけていたが、もうそんな日が続くと、私をその日の岩へ誘うものもなくなって、みんな出かけて行くのである。いい天気が続いて、天幕の番人などはずいぶん間が抜けていたが、私がそれを望んでいるのだから仕方がない。

　もう一度うとうとと眠って目ざめるころは大概九時すぎで、天幕の中は大分むんむん暑くなって来る。柱と綱との具合を見て、たるんでいる天幕を張りなおし、風を入れる。

　さてそれから私は靴紐を中へ突込んだままの靴をはいて、河原の石へやって来る。ここに坐って、時にはすぐ近くまでやっ

て来る鶺鴒《せきれい》の、私がいるとは知らないらしいのんきな容子を見ることはあるが、大概は、単調な川音に、目ざめながら頭の奥だけを麻痺させる。そのころ何故好んでそんなことを毎日していたのか。私が所有しているあらゆる機能は働きを停止したまま、何時間でも石のようになっていた。

*

ある日、それも天気がよくて、河原に近い林の中の下草は気持よくあたためられていたので、暫く空白のままになっていた日記帳を持って、そこにころがっていた。

「今私の中にあるものは何か。一切のものを拭い去ってしまう忘却。そのほかには何もない。その忘却には、しかし一種の味がある。味のあることを私は今気がつく。夏草が繁る時は、誰もがその下に、冬枯れの褐色の草原があったことも、凍った土のあったことも想い出さないように、私の中に今たった一つ、それだけある忘却も、私に何も想い出させない。その味を崩さないために、日記も空白になっている。一つの登攀の記録も実際にない。それほどに忘却の味には魅力があった。」

こんなことを書きつけて、すっかり怠け者になってしまったように草に埋まって寝ころんでいると、榛の木の、金貨を振っているような梢をとおして一つの雲の塊が見える。それはイタリア人たちが「風の伯爵夫人《コンテッサ・デル・ヴェント》」と呼んでいる雲にちがいなかった。レンズ状の雲が幾つか重なっているようなもので、どっちにせよ、風の吹き出す前兆であることは確かだったが、その姿は実に美しかった。刻々に流れて、やがては見えなくなってしまうことがしきりと惜しまれるほど美しく、私は思わずその草原からはね起きて、林を抜け出し、梢の枝の邪魔にならないところまで走って行った。

あれは何という名前のコンテッサだろう。白鳥のような豊かな翼を持ちながらそれを殆んどひろげることもなく、孔雀のように長い尾羽を持ちながらそれを他人に見せることもなく、自分の白い衣をまとった姿さえ、私たちの目の前へ見せることの少ないこの風の伯爵夫人は、ほんとうに何という名前なのだろうか。

というのは、こうした雲の呼び名などは、きっとそれを一番最初に呼んだ人の想い出の中に、そのままでは表わしかねるような、秘密の影像があって、それをいつまでも自分一人のうちに抱き続けていることが出来なくなった末に、ふと空を仰げば、こんなきれいな雲が風に流されていたというようなことから始まったものに違いないからである。

風の伯爵夫人は向うの山のかげへ、だんだんとその姿を崩し、幾分か憐れな姿となって流されて行ってしまったが、私はその日の午過ぎに、荷物をまとめ、短い書置を天幕の柱にしばりつけて、出発した。

*

川沿いの小径は、広い河原に出ると、あまりたよりにならないような丸木橋で対岸へ行ったり、森をぬけたりして、それほどの眺望もなく、実につつましく二時間も三時間も続いていた。時々岩山の頭が見えるところもあるにはあったが、気をつけていなければそれも知らずに過ぎてしまうような径だった。

私が秘かに期待していた風は、もうすっかり陽が落ちてからこの地上に下って来た。そのころ私は、ランタンをさげて、大きな石の重なっている急な谷をのぼっていた。ところどころに雪の塊がのこっていて、雪渓の近いことが分っていた。

これがあの風の伯爵夫人を作った風だ。これが彼女の姿を運んで来た風だ。ランタンは吹き消されたが、空は明るかった。

別れの曲

五人の仲間と一緒に、この山あの山と、幾らか気儘に、しかしそれでも予定はそれほど崩さずに、四日間をすごして来た。お互いにどこまでも打ちとけて、お互いに自由に、お互いに楽しく、その四日はいっぱいだった。スキーは持たなかったが、雪の上を歩くことが多く、アイゼンをこんなに続けざまに使ったことも少なかった。

天幕の夜は寒かったが、それでも猫の子のように暖かくかたまって眠った。みんな顔がどす黒く日焼けしていた。そして今日最後の憩いをあの岩尾根の登攀で果すことが出来、これで私たちの今度の山は終ったのだが、私は彼らと別れ、この小屋に二晩三晩、泊って行くことにした。

私の気まぐれを、普通では許して貰えることの出来ない気儘を、彼らは許してくれた。そのつもりになって、私は独りだけ、二、三日の小屋生活に必要な荷物を、無理だとは思ったが、今日の尾根を担いで登った。

冬のあいだずっと閉ざされたままだったこの山小屋は、まだ屋根から裏手の岩にかけてぎっしり雪がある。それに、何遍も何遍もの吹雪に、吹き込んでたまった雪が小屋の中にも三角形につもっている。幸に、戸口のあたりは少し掘っただけで済んだが、窓はまだ開けることが出来ない。そんな条件でも私は自分のその居残る計画を変えることは出来なかった。

天気が崩れるかも知れないぞ。

寒くてやり切れないぞ。

食糧はどのくらいあるんだ。

ほんとに残るんだったら、もう一度天幕まで来たらどうだ。

彼らはそれぞれに言ってくれる。私は具合が悪い。ここまで一緒に楽しんで来た山の、最後になって別れるのはほんとうにいいことではない。それで、ただ何を言われても、うん、うん、と言う仕様のない返事ばかりを繰りかえしていたが、みんなの言ってくれる言葉は無論、暖かくこたえるが、その中には私に対しての羨望と、恨みと、それからあとはよく言えないが、そんな気持の含まれているのが分るのだ。

それじゃあ、帰って来たら知らせろよ。そう言って彼らは、この小屋の前から幕営地まで、殆んどまっすぐに続いている雪の急斜面を、下って行った。

私は彼らの姿がよく見えるように、そして彼らからは私の姿があまりいつまでも見えないように、荷物を小屋の中へ投げ込んで置いて、すぐ傍の岩へ登って腰かけていた。

彼らは一列に並んで、時々足がきれいに揃い、時々乱れながら下って行った。何を話しているのかは分らなかったが、話し声やら、笑い声が聞こえて来る。夕陽は山々の頂きをもうそろそろ染めているが、彼らの下っている雪の谷には、今日登った岩尾根の影がくっきりしていて、みんなは恐らくそれと知らずに、丁度影と日なたの境を歩いて行った。

＊

私は岩のかげへ体を移した。風がつめたくなって来たのである。それにしても私が彼らに頼んで求めたこの寂しさを、今になって持てあますことはないだろうか。何のために、私独りだけが、この孤独をほしがるのだ。

薄い雲がひろがり出した。やはり天気は崩れるかも知れない。

山の輪舞

ある朝、頂上近くの小屋を出てから、露の深い径を、もう濡れることなどは一向構わずに、四十分ばかり走るようにして下って来ると、そこは実に展望のよくきくところで、朝日が昇るのを見るのにもまた好都合の場所が見つかった。枯木が二本、まだ倒れずに立っているが、そこへ登らなくとも、この大きな風景をさえぎるものは何もない。

私はここで、山々が一つの湖を取りまいてファランドールを踊り、山々の仕方で、歓喜の歌をうたっているのを見た。

湖の水は、てらてらに光っていた。入江らしいものが少しはあったが、パレット形の湖は、山々の姿をうつして、その風景を一層動的なものにしていた。一体、風一つないこの朝の山々の色づきから、何故動的な感じをうけたのだろうか。そんなことを問われたところで私は返事に困るが、しかし山々が足拍子をとって、輪舞の姿勢で動いていたことは確かにこの眼で見たのである。

そんな時に、足もとの露までがいやに立派に光ったし、小鳥なんかも頻りに啼いてはいたけれど、この山のファランドールとは何の関係もなかった。

*

山はこうして、朝早く、時には日暮近くに歓喜の歌を歌い交わして踊ることがよくある。私はそれを確かに二、三度は見かけたが、この時のように全山が揃って浮かれた踊り方をしたのを見たことがない。

それは太陽が昇るほんの暫くのあいだだったのかも知れないが、湖の水面は、恥かしさの赤みを帯びていたし、それでいて、水の動きとも、そこにうつる大気の動きとも知れないものが、一つの山の方へ牽き寄せられたり、またそこから逃げるように身を引くこともあった。

私はその湖や周囲の山に、どんな伝説があるのか知らないが、たといそれを知っていても、この踊りを見ていては、伝説を生かすことなどは考えられなかったろう。けれども、山の物語だとか、山々の異様な感情ならばそれを感ずることが出来るのである。

＊

山と湖との関係はそんなに単純なものではない。それらが一緒に荒れ、一緒に悦ぶことはあるが、彼らのうちにまるで感情の喰いちがいのようなものが出来てしまうと、そこはみじめな風景色になってしまう。たといどんなに天気がよくて、天上から太陽が慰めようと努めても、湖は決して山の姿をうつさず、白波を立て、岸辺の草をひゅうひゅう鳴らせている。風が湖の加勢をする。

＊

だからこの朝私が見たような、こんなにもすべてが一緒になって活気づいているのは、やはり珍らしいことだった。朝露に濡れた着物を乾しながら、その輪舞を見ているうちに、私は恥かしくさえなって来た。枝を渡っている小鳥も、同じような気持でいるらしく、一羽として大空へ飛び立つものはいなかった。

樵夫とその一家

樵夫

彼は雪の消えるのを待っていた。谷川の水嵩はひと頃はずいぶん増していたが、それが幾分落ちつくと、彼は鉈を一本腰にさげ、山の中腹まで来たところで三本歯の樏《かんじき》をつけて、まだ時には凍るほどに水づいている草山の急な斜面を、一度も休まずに登りつめる。さてそこで、山頂へと続く林の中を歩き廻って、わが家を建てる場所を探すと、藪や下草を力いっぱいに薙ぎ払う。そして夕暮近く、山麓のあばら家に樵夫のかえりを待っている妻と子供に、多くの生命が一度に活気づく春先の山の話を持ちかえる。それは樵夫がどんな風に話すか知らないが、彼らにはそういう生命について語り合う言葉があるのだ。

*

翌日、この樵夫一家は山へ引越しをする。まだ山道を歩かせるには早すぎる末の男の子は、妻の背中で蝗蚸《ばった》のように足を動かす。あとの子供は、それぞれ小さいながら重たい荷物を、えんさえんさと担いで行く。こうして彼らは山の湖の畔を、ちょうど午頃に列《なら》んで通った。

湖はその日の空の青さを充分に吸って、水は明るかった。小鳥も沢山啼いていた。

＊

樵夫の汗と、妻子の手伝いによって出来上った一坪半にも足りないこの藁小屋に、彼らが疲れ切った体を横たえたのは、もう二ヶ月も前のことである。

樵夫はそれ以来、毎朝早くこの小屋を出かけた。この樵夫は、山の大木を伐り倒すのではなく、炭焼きをしている。そうして今では、髪の毛は首筋まで垂れさがり、掌にも腕にもすっかりと土が滲み込んでしまった。その手で刻煙草を煙管《きせる》につめる。疵だらけの雁首を持って、殆《ほとん》ど鬚《ひげ》にかくれた口を真一文字に結んで、頬をへこませて一息に煙草を吸う。雨の日には藁の先から落ちる雫を眺めながら、この樵夫夫婦は同じ煙管で一服ずつ煙草をのむ。

妻

樵夫は妻の名前を呼ばない。彼女は鼻は低いが、林の中に咲く蓮華躑躅《れんげつつじ》を想い出させる程だ。けれども、いくらその顔に泥がついていても洗おうとしない。顔を洗うほど余分の水もないし、洗ってみたところで仕方がないと思うからだ。

雨が降り出すと、水を溜められるものは何でも外へ出しておいて、その水で炊事をするが、天気が続くと、夫の留守に一時間もかけて、下の湖まで水を汲みに行かなければならない。彼女は決して苦情を言ったりしない。そういうことを知らない。けれどもこんな仕事はどんなに慣れていても辛い。

この夫婦は自分たちの生活や、お互いの気持などを話し合ったことがない。彼らはほんとうに賢い。何年か前に、ちょっとした疑いの気持を抱いたこともある。それをただ訳もなく手離してしまいはしないが、それで生活の平静を失うようなことは決してしなかった。

こんな暮らしをしていると、自分が人間よりも獣に近いことがよく分る……。

＊

そんなことを言うのは、彼女の謙虚な心からでもなく、またひと目で他人に見られる自分の生涯を、そのまま曝し出すことに恥しさを覚えたからでもない。彼女自身も、そんなことがよく分っている訳でもないのだ。ただこうした明け暮れに、いつとはなしに、自分も、目の前の枝へ来て囀《さえず》る鶯も、それから夫の伐り倒す椹《さわら》や楢《なら》も、みんな同じものなのではないかと考えるようになった。それで、草や木が病気にかかって憐れな姿をしていても、不思議とは思わないし、彼女に向って多くの木の実は、人間がその代りをしてやりさえすれば、ちゃんと実を結ぶものだという話をしても、少しも驚かない。

麓の村の、寺の坊さんが、生きものは食べないといって、野菜を食べているのを、変なことだと思っている。

三人の子供

この夫婦には三人の子供がある。上の二人は女の子で、末の男の子は三つになる。それでも殆ど母親の乳ばかりを飲んで育っている。乳が要る時には、母の胸に手を入れる。泣き叫んで飢えを訴えることもない。乳を飲んでいる時に、顔をのぞき込むと、乳房のかげに目をつぶって顔をかくす。

中の女の子はヨシコと言い、姉はアヤメという名前だ。多分山にアヤメの咲く初夏に生れたのだろう。二人はよくもこんなによごれていると思うほど、手も足も顔も泥だらけだし、髪には櫛の歯を入れたことがない。一日中、藪の中を駆け廻っているからこんななのだ。

二人は兎と遊びたいのだが、兎は怖がってばかりいて呼んでも来ない。この山には、その他に、木の枝を揺って嚇《おど》かしたり、草履を盗んだりする不良な猿がいる。

アヤメはもうそろそろ学校へあがる歳なので、ずんずん話をする。山の反対側にある湖の岸辺には、アヤメをかわいがって

いる小父さんがいる。そこへ下りて行って、舟にのせて貰うのが一番たのしみなのだ。それから麓へ下りて行くと、山から伐り出した杉などを、自動車が背負って行くのが見られるという。

＊

アヤメはヨシコよりも歳が二つ多いだけのことはあって、着物の襤褸《ぼろ》などで人形を作るのが上手だ。人形もよごれている。よごれたものしか知らないのだ。この姉妹は時々藁小屋の隔に重ねてある布団に飛びつく。薄暗いところで鹿のような眼をしてこっちを見る。

凹面谷

朝

突きあげて来るような太陽が朝を支配し始める。西側の岩尾根の根元からなだらかに続く草地に、東の岩尾根の影がこんなにくっきりとうつっている。ここよりもずっと下の谷に、一晩中低く沈んでいた霧がわれ出し、ひとかたまりずつその性格を見せながら、谷を這い、道草をくい、大空へ飛び去って行く。

私は合宿用に張った天幕の、何とも言えない熱蒸《いきれ》がそろそろ我慢出来なくなって来た。それに、その中に厚かましく集まって来る蠅の唸り、そして顔の前で、複雑に縺《もつ》れながら彼らの描く曲線が頭を痛くする。

私はまだ夜の明けないうちに、その前日にこの凹面谷に張っておいた天幕へ逃げ出して来る。霧の中の朝は、すべてのものが紫に見える。誰もいない教会のようにも思える。こうなって初めて、登高の誘いがあり、潺《せせらぎ》の水泡の一つ一つに、山の悦びが見え始める。

虫たちは冷え切った石の下側にへばりついていて動かない。蝶も、雑木の中の葉にぶらさがって死んだようになっている。

＊

私たちは、この幕営地に日が当らないうちに、今日はまだあそこまでしか陽が来ていないと言っては太陽と競って出かけた。露でズボンはぐじょぐじょに濡れる。車百合が顔をつき出している。禅庭花《ぜんていか》は少し遠慮している。

それとは分らないように、山は一日一日の生活を、小刻みに始めている。

昼

好きな鞍部に到着する。時間を記録する。私の岩に腰をかける。そこから、昼寝はあそこと決めて、攀じて来た岩の頂上は、体を横にするほどの広さがない。

岩燕が目まぐるしいほど飛んでいる。夫婦づれがいるかと思えば独身ものもいる。

私はその独身ものの燕のために、乾酪《チーズ》のかけらを岩の上へ置いて行く。

あたりの岩はなぜかねむそうに見える。猫のじゃれつきそうな雲が行く。

＊

登攀に失敗したり、前夜はどこかの岩かげで、窮屈なおもいをした翌日は、どんなに晴れ渡っていても出かけない。裸になって暖まった岩の上で遊んでいる。水浴びをするのによい場所も決っている。

夜

この谷をとおって朝出かけて行った雲が、夕方になると殆んど同じ空の道をとおって帰って来る。その夜の薪を拾い集め、天幕の前で腰をのばすころ、山は小豆色に霞む。

時々尾根の向うから霧があふれるように垂れさがることもある。けれどもそういう霧はここまで下りて来ない。

岩肌が真黒になるころ、上衣を着て焚火をはじめる。火の向うで、夜の山々がゆれる。

夜は相変らずの星だ。天をななめに切って星が飛ぶ。

午後から遠くに出ていた積乱雲が、夕方になって赤黒くのしかかって来る時には、天幕の周囲の溝を掘りなおし、驟雨の用意をする。やがて電光が盛んになり、雷鳴が岩にこだまする。

ランプの光に飛び込んで来る無数の小さい生命を、私は救う

すべがない。灯を消してやらねばならない。
あたりを思い切り濡らして行った雨が歇《や》む。遠のいた稲妻が、木の葉の揺ぎを天幕に映す。

焚火

その年は、六月のうちはまるで真夏のように照りつける日が続いていたが、七月に入ると急に天気ががらっと変って、毎日鬱陶しい雨が降り始めた。

私は以前からの山の友だちだった彼と一緒に、どこもかしこも沼のようになっている上高地へ、私たち二人が出た学校の生徒たちについて出かけた。二人ともこのところ山を忘れているような生活をしていたが、この時はどっちかと言えば彼の方が学校からたのまれ、私を誘い出した形だった。

天幕生活、昆虫採集、写生などという学校の方で立てていた計画も、この雨では全く望みがなかった。私たちは昔から知り合いの山案内人の小屋などへ出かけて話をしたりお茶をのんだりしていたが、十二、三人来ている少年たちは、宿の屋根裏部屋へ押し込められて、思い出したように取組み合いをして騒いでみたり、陰気臭く午睡をしてみたりしていた。それも、いつ霽《は》れるとも分らない暗い空の下で、ただびじょびじょと雨の音を聞いていると、しまいにはめいめいが自分の体をもてあまし出した。

私たちもそれを気の毒に思い、希望者だけを集め、合羽を着せて、明神池と田代池を見に連れ出した。風の落す木々の雫に濡れながら、この土地、この山に残っている伝説だの、昔の登山のことなどを話して聞かせた。それは私たちがやはりこんな雨の中で、まだ中学生のころ、はじめて穂高縦走から上高地へ下りて来た時に聞いたものだったような気がする。けれども少年たちはそんな話を殆んど聞いている容子がなかった。それよりも、みんなは冷たい梓川の水に足をひたして、何分間頑張っていられるかというような、ばかばかしいことを始めていた。けれども結局、何やかやと言われながら、私たちもそんな遊びの仲間に加わって面白がった。

*

それでも予定の日の最後の二日は、やっときれいな夏がやって来た。少年たちは久々で輝く太陽の光を思う存分に浴び、河原の砂の上を跣足《はだし》になって駈け廻っていた。一斉に蝶が羽化し、捕虫網を持っているものは忙しかった。

Vanessa antiopa

一日は焼岳へ出かけ、次の日は岳沢へ行って、岩の山々を真近かに見せた。そしてやっと張られた天幕の二晩をたのしく過した。型どおりのことだったが、火を焚き、山の歌をうたった。私たちが幾年か前に知ったそういう生活の悦びを、そのまま伝えることさえ出来たと思う。

少年たちは帰って行った。山の、つんとするほどの空気の匂い、泉の味、焚火のかおり、人間が、それに接するまでは忘れていた糧《かて》を、少年たちは、まだ少しの塵もない心の隅々にまで受け入れているようだった。そしてあるものはなおそうしたものに心牽《ひ》かれながら、あるものは、そろそろ家を懐しみながら、つれ立って山を去って行った。

*

私たち二人は幾分ぼんやりした。張ったままの大きな天幕の中で、それを取りはずす気も起らず、ただ顔をつき合せていた。暫くの間だったが、一緒に生活した若い人たちの顔や動作や、一人一人の気質がまだこの天幕の中に残っていた。

翌日の昼頃、すっかり乾き切った林の中の草原に寝ころんでいると、彼は私を誘って山へ登ろうと言った。今でもまだ充分に親しい筈の山の友だちは、もう以前のように、度胸をきめて取りかかるような岩登りをする自信はなくなっているというのに、やはりその、過去の中でたのしかったその場所へ行ってみたがった。私はもうこの上高地へやって来て、こんな風にごろごろしているだけで十分だと思っていた。けれどもそういうことをあまりぶちまけて言いたくもなかった。私はこれ以上、もう奥へ行きたくない。独りで行って来たらいいだろう。そういいたい気持もあった。どうも私たちは、すさんでいていけない。私の方が余計にいけない。

＊

私たちはとうとうその日の夕方、昔好んで幾日でもすごしていたあの岳沢の河原に、小型の天幕を張った。彼の気がすむように、一晩か二晩をすごすつもりで登って来た。

翌朝もよく晴れていて、彼は私よりずっと早く起きたらしく、天幕の外へ出て歌をうたっていた。それは、私が目をさますのを待ち遠しがっているようでもあった。私が目をさますと、彼は盛んに私を誘って出かけようと言った。どこへでもいいから

行ってみよう。まだ登れるよ。そういう彼は昔のような顔になった。私は、待っているから登って来るように、それだけを繰りかえした。私の気持が動かないからと言って、彼の気持を引きとめる理由にはならなかった。

私たちは天幕から少し離れたところの、大きな岩の上に腹這いになって、昔私たちが「とかげ」と言っていたように、裸になって背中をほした。青ざめた皮膚は、午前中だけでひりひりするほど焼けた。私は自分がたのしいのかどうなのか、ただ黙ってこんなことをしていることが、さっぱり分らなくなった。

西穂高を越えて来る雲が、頭上でちらばって消えるのは美しかった。そればかりでなくこうしているうちに、何もかもが、これまでは気がつかなかった美しさを見せて来た。私はここにもう暫くとどまっていたくなり、少し食糧を買いに上高地へ行って来ようと思い、彼にそれを言うと、彼は私がそのままここへ戻って来ないつもりでいることでも見抜いたように、不機嫌な顔して行ってこいよと言った。私は勿論すぐ戻るつもりだったが、帰りはどうしても晩になりそうだったので、ランプを持って山径を下って来た。森の中で杜鵑《ほととぎす》がよく啼《な》いていた。その声を立ちどまって聞いていると、私を取り囲んでいる周囲が、だんだんと自分に馴染んで来るのを強く感じた。

＊

宿の主人に預けておいた荷物と、食糧を四、五日分仕入れて、早速引きかえした。ランプの灯で足許をさぐって行くので、慣れている径も遠かった。途中、森を抜けたところでは灯を消して三十分近く休んだ。そのあいだに目の前を星が幾つも流れた。私はほんとうにさっぱりと気持がはれ、今度は逆に彼を誘って、明日は山へ登ることにしてもいいと思った。そういう気分を早く彼に知らせた方がいいと思って、口笛をふきながら登って来た。

ところが天幕には灯がなく、彼の姿は見えなかった。入口の支柱に、「行って来る。心配するな」と書いた紙切れがしばってあった。彼は私が出かけるとすぐにその気を起したらしい。私は別に慌てることもないと思ったが、やはり少しは気がかりだった。彼の気持の中に、私が想像してみるような無理がなければいいがと思った。私は見当をつけて、彼の姿を追ってみようかと考えたが、それにしても、このところぼそぼそのパンばかりを食べているので、

買って来た米を洗って晩食の用意をすることにした。

＊

焚火の煙が風のない谷をまっすぐにのぼった。その煙と一緒に舞いあがる火の粉を追って、黒々とした山々を見あげると、畳岩から天狗の鞍部に続くところに小さく灯が見える。灯は時々岩かげにかくれ、また見える。向うでもこの焚火を見て時々灯を振っている。さっきまで、むっつりと機嫌悪くしていた私たちは、遠く離れ、お互いの火を見て悦び合っている。私は焚木をせっせと集め、今夜は一晩、天幕の外で火を燃し続けることにした。

雪崩の音

雪崩の音がしきりに聞こえる。遠雷のように、また近くのものはこの小屋をゆする。今日もまた一日中、藁を焚き、湯を滾《たぎ》らせて彼を待っていたが、もうきっと来ないだろう。機械類がいっぱいに取りつけてある彼の研究室で、私たちが約束を交わした時から、そんな予感が私にはあった。

それでも昨夜は、雪が歇《や》んで、流れる青白い雲間から星かげを見附けた時、ひょっとしたら、夜になってから登って来るのではないかと思って、二つ目の峠まで降りて行った。その峠からずっと見下ろされる斜面に、彼の影がぼんやりと黒く動いているにちがいない。そして吸われるように下の谷まで続いているあの山の中腹で彼を出迎えるということを考え出したら、炉辺にぼんやりとしていることが出来なくなって、小屋を飛び出してしまったのだが……。

それから半時間ばかり峠に佇んでから、空しくまた小屋へ戻

ろうとすると、鎮められない怒り、怒りというよりはもっと奥底の苦しさが、希望の脱けたあとを入れ替りに占領して行くのに気がついた。私は、この怒りに似た不快が、決して自分の目の前に現われてくれない彼に向けられているのではなくて、ひたすら自分が今した行為にこそ向けられていることを、どんなにか説明したかったことか。私の昨夜の期待は、考えてみれば、乙女座のはしにいつも弱い光を見せているあの星のような、微かなものだったのに、それを故意に自分で、燃え上らせて、そうした挙句に、峠まで行くというようなことをしてしまったのは、私以外に誰も責められない。けれどもまだ私は待っている。またあの斜面を登って来る彼の姿が目に浮んで来る。雪の中を登って来る彼の手よりも遙かに冷たい私の手をさしのばし、これを暖めてくれと言うだろう。

だが彼はきっと来ないだろう。彼は非常に面倒な実験に夢中になっていた。今頃それに成功して、論文を書いているだろう。そうに違いない。

*

他人の生活は分らない。それがどんなものか、今私には全く見当がつかなくなっている。唯分ることと言えば、それがめいめい似てもつかないものだということだ。けれども私自身の生活は、それなら知っているのだろうか。知っているという己惚《うぬぼ》れによって、自分に出来るだけ近い他人の生活を、あてもなしに求めている。

＊

日付は書かない。吹雪がやって来た。春には珍らしいほど気温が下っている。この小屋に私が独りで来ている以上、記録しておかなければならない気象の観測も、二日目に放棄してしまった。

私は昨夜、やっと一時間ほど眠ることが出来た。夜半になってから急に吹き始めた風が煙突から迷い込み、煖炉の中で、それまで不景気に燻《くすぶ》っていた太い木の根を煽《あお》り立てた。何もしないのに、独りでその根はごろんと転がると、急に活気づいたように燃え出した。

その頃から私は多分体があたたまって、眠りに落ちて行った。さもなかったら、自分で身をあたためて眠ろうなどとはしなかったろう。

どういうものか、昨夜は、時たま覚える神経の痛みとともに、何か大きな力が、自分の体の何処からか湧き出して来るような気がした。それは実際奇妙な感じで、今か、今かと身動きもせずに待っていた。深い息をつくことさえも、そのあいだに力の現われる機会を取りにがすようでならなかった。そうしていることが何の役にも立たないばかりか、つまらない一人芝居だとわかってからも、何かしら、待て待てという気持が残って、容易に腰を浮かすことが出来なかった。

＊

次々と起る形もない、音もない興奮は、毫も頭の疲労を感じさせなかったので、ある計画のためにここへ携えて来た古い覚え書の整理をし始めた。

私は彼がいないことを今は悦んでいる。数日口をきかずに、ただ雪崩の音ばかりを聞いて独りでいたことは、私に何を教えてくれたか。

それから暫くのあいだ、安息へと通じているに相違ない長い廻廊の扉を一つ一つ押し開きながら歩いて行く気持で、その「覚え書」の昔の頁を一枚一枚と捲《めく》り、必要な個所には紙を貼りつけて、そこへ五、六行ぐらいずつ書き加えて行った。多く山のことが書いてあったが、その手帳の最後に近いところから、次のように始まるかなり長い詩があった。もうそのころは、細かに降り続けている雪の彼方に、沈みかけた暁が窓越しに見られた。

あんなに集まっていた小鳥たちは
何に驚いたのか
一斉に飛び立って行った
あんなに咲いていた野の花は
今はすっかり散り尽した
…………
……………

この詩はだらだらと長いばかりで、未完のまんまである。これを完成させる日は遠い。遠いというより、もうその日はやって来ないだろう。それでそこには、何の意味もない星の印をつけて置いた。ただそれに加えておかなければならないのは、ある温室で摘んだ蘭の花が挿んであったことである。褐色になって、どこを見てもあの花の色は残っていなかった。けれども私は昔の自分を叱ろうとも思わない。

＊

吹雪が去った後で、私は彼と一緒に登る約束をしていたあの峰まで出かける決心をした。私たちの仲間で、以前「幸の峰」と呼んでいた一番尖ったあの岩の頂上まで。

〔S・Ⅲ峰登攀〕

私は頂上まで登ることは出来た。けれども力の失われていることは確かである。力自身をより強くする力がなくなってしまった。それに代るものが私の内部から現われてくれることを期待していたのに、それは駄目だった。そして一刻も早くこのいやな疲弊の状態からのがれようと思って、昔の手帳をまた開いた。

やわらかな陽の光を浴びて
小鳥たちの歌に私の脚は躍る

これを書いた時には何も感じなかった生々しい力を今感じる。身をもってうちから得る力が、どんなに立派なものかは知っている。今はもうそれを憧れるだけである。憧れてはならないと言えば、それは憧れても仕方のない今の私の弁解以外には何の意味も持たない。苛酷な問いが次々と思いつく。

＊

さてそこで、私は何をしたらよいか。もうそれは決っている。誰一人、入ることものぞくことも出来ない場所を創ること。何という美しい仕事だろう。この場所は私にとって楽園とはなり得ない。けれどもそれを創るために、一冊の新しいノートを用意し、抑え切れない私だけを正直に書いて行くことである。もう何か溢れ出て来る気分がする。しかし、そこへ書くことは暫く待たねばならない。書くことは、私にとって、まだ凝結し切らないものまでも引きずり出してしまうから。

＊

過去を葬ろうとする考えが、頭の中をいっぱいにしている時、離別に直面した言い知れぬ悲しみが一方からのしかかって来る。

思う存分に火を掻き立てて、もう一度この想い出深い机に向ってみよう。そしてまず、手帳を悉《ことごと》く糊づけにしてしまおう。それが正しい順序だ。過去を省るのに、ただうしろを振り向いただけではそれを見ることが出来ないようにしてしまおう。それは私が今自分になし得る最も残忍なことである。それ以上のことはどうしても出来ない。

明日はまだ夜の明けないうちに、「幸の峰」の岩肌を、朝日が薄赤く染め出さないうちに、この小屋を去って行こうと思う。

＊

……山麓の村には春が来ていた。雪解けの水で、川は波を立てて流れていた。川の水だけがあたりの景色のなかで忙しく見えた。橋の袂の芝生は、昨日の天気で一面に芽を吹き出していた。

冬のあいだ重苦しい鼓動を打っていたこの川に臨んだ小村を眺めていると、それがそのまま私に溶け込んで来るのを感じた。

　私は村へ入った。火の見櫓のある四つ角の近くで、鐘の音を聞いた。立ちどまって耳を澄していると、通りがかりの村人は、あれが新しく建った教会の鐘で、すぐそこだと教えてくれた。小さな木造の、決してこの村に不釣合なところのない教会で、その窓の外には物珍らしげに人が大勢たかって、読唱弥撒《ミサ》の始

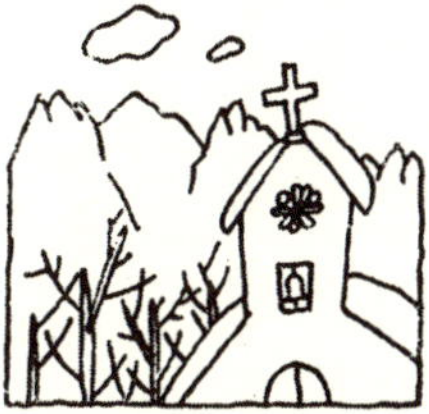

まるのを待っていた。説教だけを聴く特別の席が設けられてあったが、そこには貧しそうな老夫婦がいるきりで、あとは祭壇の傍に子供が四人坐っていた。
　弥撒は簡単に行われた。讃美歌は牧師が一人で歌っているようだった。何もかも自分一人でやっていた。説教の始まる前に私は教会堂をそっと出た。
「我また新しき天と新しき地とを見たり……。」
　牧師のそんな声が、閉めかけた扉の隙間から洩れて来た。山の方で雪崩の音がした。

S・Ⅲ峰登攀

一九三×年四月一五日M・K単独。

前日午後二時三〇分の天気。気温　氷点下〇・五度C。気圧六二一ｍｍ。風向　NNE。雲量　一〇。雲形　NS。天気　吹雪。

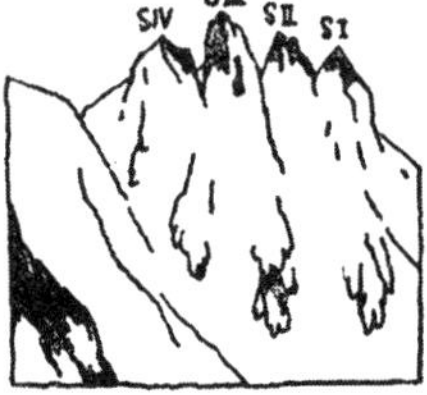

＊

前八・三〇小屋出発。早朝は一五メートルほどの北北西の風があり、天候が定まらなかったために出発がおくれる。新雪一五ｃｍ。右の沢を登り、Y地点九・四〇。スキーをアイゼンにかえる。新雪はこのあたり二〇ｃｍ。雪質急に悪くなる。日光強烈にして、谷に雪崩の音がしきりに聞こえる。風は一〇メートル内外、片積雲が飛び、岩壁が倒れかかる感じ。

Hルンゼ下一一・三五〜一二・〇〇。S・Ⅱとの鞍部へ出るため、トラヴァースを始めたが、急斜面の雪がゆるみ、岩には、薄氷が残っていて進路を断たれる。足許の雪がずり出して雪崩となる。新雪が扇状にひろがりながら谷へ落ちる。雪崩のために氷面の現われた斜面を、ステップを切ってHルンゼ下へ戻る。

ルンゼを一二、三メートル登り、右手の岩壁へ移る。壁面の氷が解け、グリップをさがしにくい。岩壁の中央部で、苦心してアイゼンをはずす。このS・Ⅲ峰正面の岩壁は垂直に近く、バンドらしいものも見当らない。

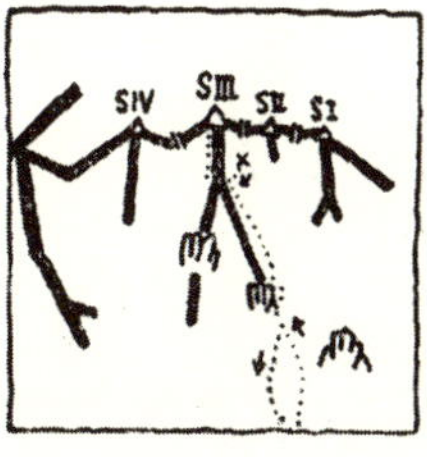

S・Ⅲ頂、午后二・二五〜三・〇〇。風もなく、快晴。だがこの岩頭に腰を下ろして、不思議に感動がない。(頭上のプロメテウスよ。山麓の小径を、一頭の牝牛が通るのはいつだろう。)

S・Ⅳ側鞍部に降り、アイゼンをつけて雪の急斜面をHルンゼ下に出る。足許の雪が極めて覚束なく、意外に時間をとる。四・〇五。Y地点五・〇〇。クラストしかけた沢を滑降、小屋五・一五。

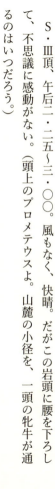

Ⅱ

山頂

まあここへ腰を下ろしましょう
疲れましたか
ここが針の木岳の頂上です
水ですか　ぼくはあとで貰います
この真夏の光る天の清冽
ぼくたちはもうその中にいるのです
しいいんとしているこの深さ
何だか懐しいような気がしませんか
七絃琴《リユウト》と竪琴《キタリス》が奏でている
これが天体の大音楽《ハルモニア》かも知れない
あそこの左のそいだような平らなところ
ええ　雪がところどころに残っているあそこ

あそこが五色ヶ原
きっと黒百合が夜の顔して咲いている
明日の朝は早くこの黒部の谷を越えて
日暮までに辿りつきましょう
小屋にスキーがあったら滑れます
それから赤っぽく荒れた浄土を越えて
正面ののびのびと大きいのが立山です
その右の黒い岩峰の群　あれが剣
あそこまで遙かな山旅ですが
ゆっくり歩いて行きましょう
鮨を食べ　雷鳥を見て
雛をつれて偃松のある岩尾根にいます
寒ければ上衣を着たら……
何を考えているの
ちょっとこっちを向いてみて

今日一日でほんとうに日に焼けましたね
今こうして連なる峰々を見ていると
夢の中の憩いのようでもあるけれど
こんな山肌の色を見たことや
寂しい谷を霧に濡れて歩いたことが
あなたをやわらかく救う時があるでしょう
取りつきようのない寂しさの中を
蟻になった気持で歩いたことが
あなたを元気づけることがあるでしょう
天へ飛び立って行くような歓喜を
永遠なものに包まれてしまった哀愁と
それが儚《はかな》い人間には必要なのです
冷たい水　もう一杯のみますか

氷の岩峰

深い雪を夢心地で押し進み
凍る岩壁に根気よく足場を作り
力学的に曖昧を許さぬ登行を続けて
やっと辿りついた岩峰は
息もつけない横なぐりの風だ
私たちは互いに綱をたぐり寄せたが
怖い顔して交わす言葉もなく
力いっぱい踏張っているだけだ
私たちの努力はたたかいでもなく
征服でもなかったことを頻《しき》りに考える
思うように彩られなかった過去と
遠く続く雪原のような

ただ純白な起伏である未来との間に立って
孤独な洗礼をめいめい経験しながら
壮麗な殿堂を心の中に築いている

ぼくもその峠を

ぼくもその峠を見あげたことがあるような気がする。巨大な、いつの間にかすっかりと成熟した雲の影が、萌葱の斜面をのそのそと暗くしたり明るくしたりして、その峠は大きな波のうねりのようにも見えた。

ぼくはあそこまで登ると、空の深い深い青の中に、ぼくを招いている姿が見えるにちがいないと思った。

*

ぼくもその峠を登ったような記憶がある。それは木立の繁みから、雉《きじ》がしきりに飛び立つ日、径の傍の枯れた小枝を折り取って、それをあんまり役には立たない杖にしながら登って来た峠だ。

風がなくて、太陽がぼやんと暈《かさ》をかぶっていた。

その峠には岩がつめたくころがっているばかりで、花も咲いてはいなかった。そこにいながら、こんなに寂しいところがあるものかと思った。

その峠ならぼくも覚えているのだが……

＊

ぼくもその峠を下ったような気がする。径がところどころで分れていて、はて、どっちを選んだらよいのかと迷ったが、少し下ってみれば、それはどっちを歩いても、また同じ一つになる径だった。

色とりどりの屋根の遠くの町が見えたり隠れたりした。善良な人たちばかりが住んでいるにちがいないその町へ、ぼくはどんな顔をして入って行けばよいのかと思った。

＊

今もその峠はそのままだろう。風の中にあることもあり、雨も降ることだろう。それから、光がはずんでいることだってあるだろう。

ひややかな心をもてあましている人たちが、ぽつんと一人で、登っては下って行く
その峠を、ぼくも知っている。

太陽と春と泉

エンガディンへやって来たセガンティーニは、消えることのない氷と雪をその肌にまとった山々を見る。牧場の緑が遠くひろがっているそのところどころに、樅の木が立っていた。碧い空は深かったが、その空を映す湖水や池の水はもっと青かった。

豊かな牧場には、ここかしこ、水晶のような小川が流れ、その流れる行手の万物に、清らかな水をそそいでいる。鳥の声と、家畜の鈴の音と、飛び交う蜂の翅音《はおと》のなかで、その泉は彼に何を囁《ささや》いたか。

*

手紙。

あなたのお訊ねは、自然の中の、まことに野性的な生活の中で、私の芸術思想と芸術感覚がどんな風に発展して来たか、ということでした。

実のところそのお訊ねにどうお答えしていいものやら私には分らないのですけれど、

魂のどんな状態をお話しするにしても、その最初の、最も隔たった遠い幼い日の動きをたずねてかからなければなりますまい。ですが、それにしても、あの美しい花が、土の中でどんな風に胚胎しているか、それが一体誰に分るでしょうか。

それからまた、あなたのお訊ねは、世の中のことを私が知っているかということでした。

私は決して徒らに生きて来たのではありません。書物から学びとるようなことはしませんでしたけれど、観察と思索とによって生きて来たということを申しあげます。私だって世の中を知っているのです。そうしてその社会的な層を、ただ遠くからではなしに、私もその一人としてその中で生き、社会の欲望や苦痛を、そしてその悦びや希望を味わってきました。

私は悲しみと苦痛の果てしない平地を歩いて来ました。そこには人間の欲望や愚かさが繰りひろげられていました。私は沼の上に、沢山の花びらが浮いているのを見ました。咽《むせ》び泣く花を見ました。青虫が笑っているのを見ました。
それらを見た時に、心は沈み、すっかり疲れ切ってしまいま

した。信じていたことが消え失せ、胸の中が引き裂かれるように思われました。私はそこから独りとりのこされ、孤独になったのです。

＊

別の手紙。

今私は、燃えるような熱意で、自然からその神秘をとらえようとしています。自然は不滅の言葉をささやき、春になると大地は歌います。

私は長いこと動物たちと暮して、その欲望や苦しみや悦びを知ろうとしました。そうしてまた人間やその精神、岩と雪と氷、草と花と泉とを相手に学んで来ました。自分の魂に、魂の考えていることを訊ねました。私が花に向ってその美を訊ねる時、花は私の心を愛の芳香でいっぱいにしました。

＊

もう一つの手紙。

色とりどりのアルプスは、一つの大きな調和の中に集約されています。アルプスの自然の中で、調子と色彩を伴ったこういう協和音を研究しはじめてからもう十四年余りにもなりました。こうして光を浴びた牧場にいるのは私のような者だけでした。春の晴れ渡った日には、谷間から聞こえてくる音に、そしてまた碧く限りない宇宙の前に、私を聖なる沈黙で満たすように、遠くから風が運んでくる不明瞭な弱々しい音調に耳を傾けました。岩と雪の山々がその宇宙を区切っています。この宇宙だけが、こういう色彩の旋律の持っている高い芸術的意味を作り出すことが出来るのです。これらの調和のとれた姿の線と色と調子とによって私の思考は作られているといつも感じるのでした。魂の見るもの聴くものはみな一つになるので、これらの調和の意識を生ずることによって、魂はいよいよ充たされるのです。それは一切を抱擁し、このアルプスの永遠のハルモニアをつくる光の観念に充たされているような気持です。私はいつも自分の絵に、これらの感覚を盛り込もうと思って努力したものでした。でも、私の絵が表現することの出来たものは何もありませんでした。そのために、私は、私たちの芸術が完全なものでないこと、そしてまた、自然に生命を与える一切のいきいきした美しさの、ほんの僅かを描写しているに過ぎないことを信じます。

そんなことにも拘らず、雄大な作品を創りたいと考えていました。私はアルプスの世界が持っているそのハルモニアをつかみたいと思いました。それで私は、自分が最もよくしらべ、私の知る限りでの最も変化に富んだ豊かな自然美を持った上部エンガディンをえらんだのでした。

＊

窓を開けると、太陽は彼を抱きかかえるように、金色の暖かな光を射しかけて来た。彼はこの生命の抱擁のために、まるで意識を失った者のように眼をつぶっている。その生命の美しさを感じている彼の心には、二十代のころの若さと希望が甦っていた。空は深い藍色。太陽は谷間の上にやすらい、麦畑の刈株がその陽を浴びて金色に光っている。一面に荘重な調べが漂っている。生を楽しむことは愛する力から生れる。

＊

一八八九年一月一日。

私は朝早く散歩をして来た。心の中は、いつもと変らぬ想いを感じていたが、吹き渡る風は精神を混乱させている。雲が灰色にくすんで低く垂れこめ、見渡す限り、すべてのものが悲しんでいる。遠くの方で、死んで行く動物の呻きのような風が吹いている。重々しく、痛々しく、恰《あたか》も死を包みかくしている経帷子《きょうかたびら》のように雪が土を蔽《おお》っている。小屋のそばで渡り鳥が餌をついばんでいる。

私は太陽を何よりも愛する。太陽の次には春を、それから泉を愛する。泉は山の岩かどから、水晶のように透きとおって湧きこぼれ、地下の水脈を、血管を流れる血のように流れている。太陽は魂であって、大地に生命を与える。太陽も春も泉も、あらゆるものに、楽しみと悦びをもたらす。

私にとって故郷のように思われるこの住みなれた山々の、美しく晴れ渡った春の日、アルペンローゼが灰色の花崗岩の間から、あるいは牧場の淡い緑からなよやかに咲き始める時、そしてまた碧い大空が澄み切った湖に映る時、私は限りない歓喜を感じ、私の血潮は初恋の乙女のように高鳴る。そして終ることのないこの愛に酔って、空高く雲雀《ひばり》が囀《さえず》っているあいだ、大地に身をかがめて、端麗な山の花々に口をつける。

冬の手帳

吹雪が、白く、憩う山をかき廻している。森の中では、枝の折れる音が絶えない。雪は渦を巻いている。けれども、この厳冬の高い尾根では、真横から吹く風に、一切のものが、白い無数の線にかくされる。

しかし吹雪は、風にさからう岩を認め、極く小さな起伏をも認めて、そこに美しい模様を作っている。

＊

もうここから先へは登れない。ここから引返すことも出来ない。雪に穴を掘る。体が入るほどは掘れない。

濡れている足元の冷たさ。

私は雲間の月にすがろうとする。全能で、しかも無慈悲な神よりも、はるかに気のきいている月の光。

宇宙には冷たい愛がある。それでも愛である。岩尾根は氷が光っているが、それは一晩私を抱いてくれる力強い腕になってくれるだろう。

*

山麓の雪道を歩いていると、林の中から雀が五、六羽飛び立った。雀は私の姿を見て逃げたのではない。雪が落ちて枝がはねかえり、それで一斉に飛び立ったのだ。

*

船にのって海峡を渡っている。私は船の舳に立っているが、舷側から押し返されて崩れる波頭と、細かに舞い踊る雪片のほかには何もない。

上甲板へ廻り、吹きつけて溜った椅子の上の雪を払いのけて腰をかけた。古ぼけた荷物船が、警笛を鳴らしてぼやんと擦れちがって行く。長い雪の山旅が海の向うに待っている。

*

自然の麗わしい飾り。月が冴える。静かな夜が冬にもある。麗わしい自然のこの銀色の飾りの中で、金色に光っているのは、春を待つ木々の芽だ。

*

大空の中で本当に自然が勝ちほこっている容子が見られるのは、私の力が尽き、雪の中で静かに凍死して行く時だろう。

*

自然は非情であればこそ、私の眼を決して欺かない。そして私自身が自然のように非情になり終る時、無言の愛は私から彷徨の想いを取り去ってくれるだろう。

*

雪の匂い。積っている雪はもう匂わない。雪は空中を飛ぶあいだ生きていて、お互いに匂いでさぐり合っているけれども、一度離れた雪片は、もう恐らく二度とめぐり合うことはないだろう。

春の手帳

赤土の土手の日溜りには、蜥蜴《とかげ》が絨毯《じゅうたん》にあるような色取りの背中を見せていた。ざらざらと赤土が崩れる。まだこのあたりは霜柱が立つ。蜥蜴はその土をかぶっても動かない。

＊

山の駅の前には、材木が積んである。私が汽車を待ちながら、その材木の上ですごした三十分四十分が、強い印象として残っている。そこには山榛木《やまはんのき》が一本立っていて、雌花がさがっていたとか、斑猫《はんみよう》が飛んで来たとか、炭俵を背負って来たおばあさんの姿が美しく雲に浮き出していたとか……

＊

蓮華がいっぱいで、どうにも歩きようのない広い河原。ある一人の、私の知らない人間の運命について考える。誰もいない蓮華ばかりの河原。

＊

春の山旅には、どういうものか、私はよくべそをかくような気持で出かける。

＊

三つの山から思い切りのびている襞《ひだ》積が一緒になったところに池がある。高い山の上の小さい池だ。雪はまだそこらにかたまっているが、池の氷は今日の気温で全部とけたところだ。岸辺へ行くと、可憐なさざなみが草の根をくすぐっている。時たま水面にはねる虫がいるが、その波紋はさざなみを越して大きくひろがる。まだ水の神秘はそこここに寄り合っていて動き出さない。

＊

冬を越した黄縁蛺蝶《きべりたては》だ。私はある時、シエラネヴァダの山道を歩いている夢を見た。

その時にも出会った蝶だ。じっと冬を越して来たこの蝶は、春の風に流されるのでもなく、白樺の樹皮にとまっている。それにしても、何という憂鬱な翅《はね》の動かし方をしているのだろう。

夏の手帳

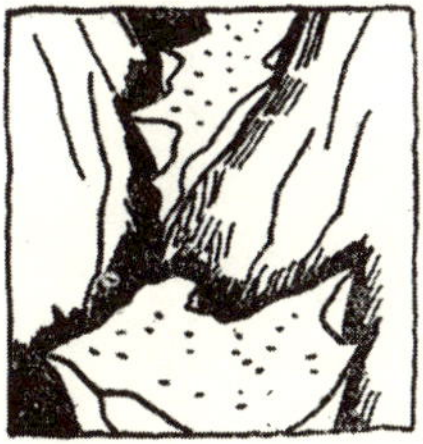

山の中で人は蟻のようになる。大木の幹は蟻が登ってもじっとしているように、山は人が登ることによって表情をかえない。

山の赤い肌は、太古からその色をしていたように私たちの前にある。人は山で小さなものになり始める。儚《はかな》いものになり始める。

広い高原を黙って歩いて行く時、人は牛のようにもなる。私たちは蟻のようになり、牛のようになって大きな解放を知る。

このものやわらかな興奮をもう一度味うために、山へ向う。

*

山はどんなに低いものであっても、それが山の名に値しないものであっても、それなりに姿は大きく、私を抱く力は強い。

＊

私はまだ深い谷を登っているうちに日がくれたので、ひと休みして灯をつけて歩き出した。岩をこえ、倒木をくぐり、径を見失いそうになる。

左手にさげているランタンの四角い灯が、私の影を森の奥の方へ巨人のようにうつしたり、渓流の飛沫を光の粉に見せたりする。私は灯を持って歩いているが、私の持っている灯が私を導いて行く。

それから、急な石ころの続いている谷。その谷を今夜のうちに登りつめなければならない。やがて雪渓にぶつかる。大きく口をあいている雪の洞穴から水が吐き出されている。そこでも私の持っている灯だけが私を案内してくれた。

＊

山の動物たちにとって、少しずつ動いて行く私の灯は、片目の妖怪に見えなかったろうか。

＊

私はランタンをかかえて寒い夜をすごしたことが幾度もある。そしてそれよりも多くの夜を、尾根や谷や山頂で、ランタンを持たずにすごした。

＊

谷の水音をもてあそんでいる夜風。

＊

東北の空から、金の糸を引いて、北斗のあの柄杓《ひしやく》の中へ流れ込んで行った星がある。私は今夜、あの柄杓から女神が誕生する夢を見るだろう。その女神は私に何を教えるだろうか。

＊

燃えつきる火は、出来ることなら早く水をかけて消してしまうことだ。最後の炎が細い煙に代り、赤い炭となった火が息をしているのを見ながら、まだ焚火の傍を離れられずにいるのはよくない。

＊

鞍部はたのしい。それが狭ければ狭いほど。

＊

自分の力の限度を超えた登攀に成功した時、私は秘かに、山での生活を変えようと思った。そういう時には落石の音がこたえる。

＊

久し振りの山小屋の夜。薪拾いだの炊事の仕事がなくて、山の黄昏とゆっくり付き合っていられる。

私の眠る枕許の窓には二重の硝子が入っている。けれども夜風はその間からもしのび込んで、蠟燭《ろうそく》を懐しくゆすっている。日焼けとよごれの顔がこの硝子にうつっている。蠟燭がゆれ、私の顔が硝子の中で明るくなったり暗くなったりしている。幾日振りかで見る自分の顔を、もっとしげしげと見てやろうと思って、顔を近付けて行くと、顔は消えて、ぼやんと山の輪郭と星が見えて来る。

＊

昨夜からしつっこく降っている雨が、朝になっても上る容子がないので、小屋の隅でまた眠った。そのうち薄陽が顔に射して目をさますと、窓いっぱいの青い空だ。幕を引いて行くように霽《は》れて行く。太陽は今ちょうどその雲の端の、レースのようなところにひっかかっている。山の中腹に取り残された雲が、ふてくされたように動こうともしない。

＊

沢の泥濘を登って行く。氈鹿《かもしか》の足跡が続いている。雨上りの水蒸気がぽっぽとのぼる。そこから見えるのはどっしりとした山ばかりだが、立ちのぼる地息にゆれ、気の毒にも浮かれているように見えてしまう。

秋の手帳

草原に埋れ、忘却の楽しみにひたり、片雲に幻想を託し……。私がここにいるということしか分らなくなる秋草の原だ。

＊

人間が野性の生活へ、一時的に戻ることはたやすい。それには不思議な悦びさえ伴う。立っているという緊張から解かれて、安心して倒れて行く悦びに似ている。

＊

霧がとおる。私は四時間雨の中を歩いた。黄ばんだ草原が霧の通り道だ。薄く濃く。そのたびに向うの木々が私の方へ近づいて来たり、後ずさりをする。ぶじゅぶじゅの秋の山だ。

*

山に初雪が来る直前に、痩せた岩尾根をひとりで登っていた。裾野の方の、松虫草が僅か咲きのこっている草原で、荷物を放り出して蝶を追いかけたり、樹林帯を登りながら、木の実を食べている栗鼠《りす》の容子などに見とれていたものだから、すっかり時間がおそくなり、岩尾根にとりかかった時には深い谷から霧も昇り出して、予定の小屋まで辿りつけるかどうか、少し心細くなって来た。

そんな気持で右手をのばして確かな岩角をさがしあて、次には左足の足場をさがそうとしている時、頭の真上の、熊苔桃の真赤な葉がついている岩の上で、一羽の岩《いわ》雲雀《ひばり》が何か早口に喋りながら、私の容子を見ていた。私はちょっと恥かしくなった。私が次の足場を見つけて攀じ登ると、岩雲雀は姿を隠すが、また上からのぞきにやって来る。翼ヲ持ッテイナイ可哀ソウナ人間ヨ。シッカリ、シッカリ。私がその岩の上まで、やっとのことで登りついた時には、霧の中の岩壁の方へ、飛んで行ったが、私がまだこんな小鳥が山を下りずにいるなら、偃松《はいまつ》の中へ風を避けて、久し振りに野宿をしてもよいと思った。

岩上の想い

ここはこの大山塊のうちで一番高いところだ。そして昨日から幾つもの峰々を歩いて、これが私の辿るべき最後の岩山だった。遂にここまでやって来たという気持、自分の表面はどんなに落ちついていても、内部の悦びはごまかしようもなく湧いているその気持を、まず積み重なった火山岩に腰を下ろして、ゆっくりと鎮めてかからなければならない。

風はない。なんにもない。空には複雑にもつれた巻雲がちらばっている。それが見ているとかなりの速力で流れている。

誰もいない。鳥も飛んでいない。

＊

昨日の早朝は、山麓の草原を歩き出したとき、冷たい風が強かった。村の火の見櫓の下を通ると、半鐘が風に揺れて、時たまかすかな音を立てていた。柱に触れるほどに揺れた時に、遠くの山寺の鐘の音のような悲しい音を出すのである。だが天気は実にきれいに晴れていた。もう山にはそろそろ雪が来てもよい頃だと思う。山麓は一面に黄ばみ、山の色合いが雪を待っている。

林はかさこその秋で、新しい枯葉がいっぱいだった。そうして明るい林だった。その林を抜けて草原に出ると、そこは一面の松虫草だったが、それはもうほとんど枯れかけの姿で、咲き残っているのは、ぽつんぽつんと数えるほどだ。けれども、枯れかけてなお立っているこの草の頭には、綿に包まれた種がついていた。私はその種をひとつかみふたつかみ貰いながら、自分の部屋の窓の下の、来年の晩夏を想った。この瑠璃色の、気品を失わず、と言ってそれを誇るところも見えない花が、私の窓辺に立派に咲くことを期待はしなかったが、こうして僅かの種を持ちかえって、ただ試みにまいてみること、そのことだけが私の想い出になればいいと思った。

＊

裾野の傾斜は段々と急になり、一足一足が眺望を大きくして行くが、そのころはもう私の向う山頂は見えなくなる。恐らく最後の水になると思った流れを見つけ、水筒を持って下って行った。その途中で私の足許から一匹の孔雀蝶が飛び立った。一瞬それを見た時には、翅《はね》の裏が見えて黒い蝶と思われたが、あの特色のある飛び方と、きらりとひるがえる翅の表を見た時、私はそこに立ちすくんだまま、異様な胸騒ぎを感じた。

それは私の何処に隠されていたものか分らない。もう蝶を捕えることをやめた筈の私が、今この草むらから飛び立った孔雀蝶を、ただ黙って見送ることが出来ないとは、何という恐ろしいおののきだろう。しかし私はそれを考える余裕もなく、口惜しさがこみあげ、眼を光らせていたのである。

蝶は谷へ向って十メートルほど飛んだと思うと、また草むらにとまっている。よし。それならばよし。この巡り合った孔雀蝶を何としても自分のものにしなければならない。水筒を片手に持った私は何でこの蝶をつかまえるつもりなのだろう。草を押しわけ、草をにぎり、近づいて行く。もう一つの手は、この蝶をとらえるために自由だ。そして遂には、蝶をとらえることによって一つの賭けを試み、急いで願いを抱く。も

Vanessa io geisha

しこれを捕えることが出来たら……。

けれども蝶はまた飛び立った。美しい孔雀蝶はもっと下の、もっと深い谷へ向って飛んで行った。そして私はむしろ晴ればれとした。

＊

今度は長い長い樹林帯だ。階段状に続く木の根を踏んで行くと、栗鼠《りす》の散らかした木の実の皮が落ちている。そんな時に木の枝を見上げると、栗鼠の姿はどこにもなく、木洩れ日がちらちらしているばかりのこともあるが、時には、枝を渡って行くその姿を見つけて立ちどまることもある。けれどもあのすばしっこいものの塊のようなものを、たとい自信のある私の眼によっても追いかけることは出来ない。

空が梢に近くなって、山頂の間近いことを知らせるのかと思えば、それは斜面の襞《ひだ》にすぎず、樹林帯はどこまで続いているか分らなかった。そして最後の、度重なる嵐に、防禦の術もなくいためつけられた木々が、風雪に対して賢明な姿勢をとった偃松に代った時、今度こそ、誤ることなく山頂はそこにあった。

＊

それから岩尾根の繰りかえされる登りと降り。誰もいなかった山小屋の一夜。糸のように続いていた昨日からの山径の末に、私はこの岩に腰を下ろしている。

山上の想い。一体そこで、私に限らず、人々は想いらしい想いを抱くことがあるのだろうか。大きな風景がのしかかり、下からのしあげ、私を静かな混乱におとし入れようとする時、それらの風物から自分の内部を守るために、遙かな天を見たり、仰向けに臥たりしてみるが、山上で想念を整えることは決して易しいことではない。それは多くの場合、雲の去来のように、自分のものとは言えないようなところを通りすぎて行くに過ぎない。

想念と言うよりは、それは幻影に近い。雲や霧の中に、私の姿が夢の中の見知らぬ人のようにうつる、あの影に似ている。山上の想いというものは影である。

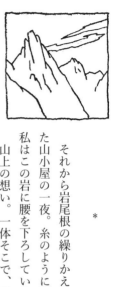

夕映え

小屋が見附からないうちに、急にあたりが暗くなり始めた時、あの、世界が赤くとけて行きそうな夕映えの中に、あまり長いあいだ坐っていすぎたかと思った。しかしたとい遂に小屋が探せなくとも、私はそれを後悔はしなかったろう。何故というのに、その夕映えは、山をあんなにも大きく見せ、それればかりではなく、多色の、しかもそこに立派な調和のある色彩で、山のさまざまの美徳を飾っていたからである。山の美徳という言葉が滑稽だと思われても、私はそう名附けることをやめないだろう。美徳とは、常にその内部にひそんでいる力である。

私はその美しい内面的な力を、ただ人間の呼びならわしている名称では指摘しにくい。何故なら、寛容と言うにしてはあまりに重みがありすぎ、勇気と言うにしてはあまりに静かなものでありすぎる。私たちは山が荒れるとか、時には山が怒《いか》ると言うが、烈風の音高く、山のすべてが恐るべき色と音とに包まれている時、山はむしろ沈着に、むしろ優れた深い美しさにその存在を主張する。荒れ廻っているのは風であり、乱れ

た雲であり、それにもてあそばれている雨や雪である。その中で、山は独り冷たく沈みながら、いよいよその重みのある姿によって存在を主張し続ける。それは時には、というよりも多くの場合、私たちの眼からは見えない。しかし、その風と雨との荒れ狂う中で、草木のさわぐその中で、山は独り不動の姿勢をとっている。この、私たちが、意志や抵抗や、その他の言葉をもってしても表わすことの出来ない姿勢は、私たちの羨望からは遥かに遠く、またそこから学ぼうとする謙虚な心にも無関心に、しかも今私の目の前に輝いている。

*

この自然の美徳を、私が学び取る手段はどうしてもないのだろうか。

私はそこで、何はともあれ、この山歩きには少し大きすぎる大判のスケッチ・ブックを取り出し、残りの水筒の水に絵筆をひたして絵具をとく。太陽はその時、もう殆んど横ざまに山を照らし、岩の陰影は極度に濃く、その鋭さに私は不思議な緊張を覚える。

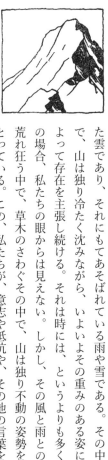

西に向って、そがれたように谷まで続く急斜面に、太陽はまだ幾分かの暖かみを与えている。それはこの私の腰かけている岩にも、届いている。しかし続く尾根の東側はもう紫が濃く、青が冷たく、谷の夜の予感に沈んでいる。ただその東側の谷へ向って落ちている二つの岩稜にそそり立つ岩の頭には、まだほんのところどころ、夕陽がのこっている。それは見ているうちに消えて行く点のような赤みにすぎない。

＊

私はひとまず、後になって記憶を呼び戻すに足るだけの夕映えの山の色を記録的に描きとめると、手先が冷気にしびれていることに気がつく。未知の山径を前にして、それも大部分は手を使って攀じのぼり、身を浮かせて、次の足場を求めなければならないような径を前にして、もう一本の煙草に火をつける。

その何のあせりをも感じない私の気持のうちには、もし小屋まで辿れる時間がないのなら、どこかの岩かげに一夜をあかす覚悟がつきかけてもいたのだろう。過去の山歩きで、そうして

一夜をあかした私は、この自分の体の調子をかえり見て、それに堪え得る自信を見つけていたのだろう。

　体を乗り出して絵をかいていた私は、今度は、調子よく体をうけとめてくれる岩に凭《よ》りかかって煙草をのんでいる。夕映えのこの豪華な色彩は、かつて私を幾たびもそのまま動けなくさせてしまって、長い寒い夜を経験させたのだが、今日は私は、もう少し明るさののこっているうちに、小屋を目ざして歩いて行こう。

Clematis alpina

山と雪の日記

1　吾妻山

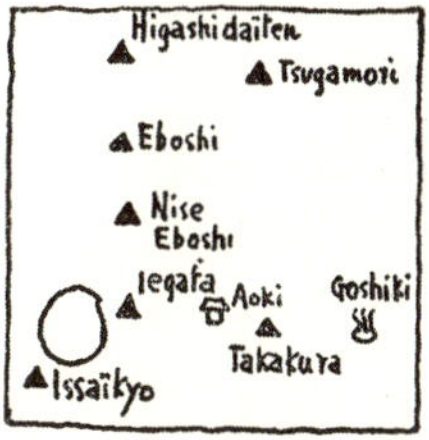

三十人ほどの先頭に立って、吹雪の中を五色から新五色まで行った。どんどん積って行く雪は、ところどころに深い吹きだまりを作っている。ラッセルをして行く私は、きっと後に続いている人たちがまだるっこい気持でいるに違いないと思って、道を作って行くことにばかり夢中になる。少しうしろから、私を今日のリーダーに選んだ槇有恒さんが私に注意する。優しく、しかし、吹雪の中の止むを得ない厳《いかめ》しい顔になって。リーダーは先へ進むことばかりに気をつかっていてはいけないこと、後に続くすべての人に細かく気を配らなくてはならないこと、それから私が、あまり道を急につけすぎると、そんな無理な道のつけ方をしてはいけないこと。

＊

スキーを楽しむことから、山へ登るという全く別の行為に移らなければならない。白い山を愛することを覚えた私は、緑の山をも愛することを知らなければならない。雪が消えたあとの、もう滑る悦びを味わうことの出来ない山を見棄てるようなことがあってはならない。冬の山と同じように、春の山も、夏の山も、秋の山も等しく愛し、等しく魅力を感ずることが出来る筈である。

＊

春先の吾妻山は冬よりも雪が多かった。春先と言ってもまだ三月のなかばを過ぎたばかりで、青木小屋を根拠地にして、家形山だの、五色沼をまわって一切経山へ行ったりしているうちに、急に気温が下って来た時には、針状の雪なども降った。

そうかと思えば、少し登り始めると、上衣を脱ぎ、シャツを脱ぎ、裸になってもまだ汗の出るような日があった。雪は水づいて、斜面を登って行くと、雪がころがり、ひとかかえでも間に合わない程の雪塊になって落ちて行く。そんな暖かな日に、家形山から尾根づたいに東大巓まで辿り、そこから栂森をとおって、下り出したが、栂森から少し下った頃から陽が傾き、橙色の山が青くなり始めると、急に昼間溶けていた雪が氷に変り、大きな斜面をしまいにはスキーを脱いで、一歩一歩用心深く下らなければならないことになった。

*

吾妻山は、奥羽本線の向いの鉢盛山まで含めて、私にいろいろのことを教えてくれた。そのうちやはり一番大きなものは、雪質の変化によって、様々な技術を覚え込むことが出来たということである。

またそこで、人々の心の、微妙な動きなども知ることが出来た筈なのだが、私はまだ、そんなことに気のつくような歳ではなかった。そのころみんながウサギさんと呼んでいた白いスウェターを着たお嬢さんがいたが、私はウサギなどと呼ばれるよりももっと本物の兎に近いようなものに過ぎなかった。

2　大菩薩峠

雨が降っている。濡れて登って行くうちに、雨は細かにちりちり光り、山の紅葉がぐらぐら揺れ、どんなに泥道が続いていてもそれを登って行くのがうれしくなるが、また雨はざぶんざぶんになる。思い切り濡れてしまえ。けれどもどんなにずぶ濡れになっても、決して悲しい気持はしない。川のような坂道を登って行くと、泥は盛んに顔にもはねる。それが却って嬉しくてたまらない。

3　後立山連峰

私のリュックからは天幕のポールがにょきにょき出ている。

白馬頂上の、猛烈な夕映えの中に、岩に腰かけて黙っている。ずっと霧がかかっていたが、この時になって、どうも急に霽《は》れて来そうな霧の流れ方を見て、頂上へ行って待っていた。霧が霽れる直前の、間歇的に感じられる天の青みは、私を吸いあげる。遠いような、すぐそこのような剣岳が、どうしてこんなに赤くなっているのだろう。

＊

鹿島鎗の釣尾根で幕営。遠い赤い火が大町。近くに北斗七星。

偃松の枯れ枝を焚いて夜風が強くなり出すころまで、外で星を

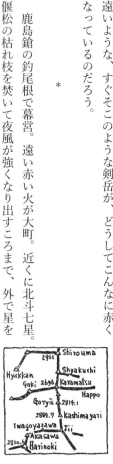

見ていた。胸が時々つまって来そうな気がして、それが風でほぐれて行く。風は段々強く、天幕にもぐって、ココアを作っていると、天幕はばたばたうるさく騒ぐ。爺の尾根で雷雨に遭う。雲塊の暗い重なりの奥で、上の方でも下の方でも電光が頻りに薄気味の悪いまばたきをしている。

針の木の頂上のケルンは高い。それぞれの願いが積まれている。頂上は願いを想い出すところでもある。願いを改めて、強く永く持ちなおすところである。

4　西鎌尾根

登ったり下ったりはしているが、烏帽子の小屋からずっとこの霧だ。霧は灰色になって縞を目の前に作ったかと思えばまた白い幕になり、私をとりまいたまんまだ。いくら歩いて行っても何も変らない。霧は時々雨になるが、ただそれだけのことである。

＊

そういう霧雨の中で、偃松はにおわない。

西鎌尾根で、私は岩が露の中でかわいているのを見た。頭上に薄青い空を見たのはそれから僅か二十分後である。このガツンガツンと響く気持。長い雨の尾根歩きが、がらっと変るのは、殆んど瞬間的なものである。槍ヶ岳がそこにある。

5 北鎌尾根

天上沢に天幕を張ったが、空には私たちを鬱々とさせる雲がひろがっていて、登攀は一日のばすことにした。時々雨が降って来るが、もうここから引き返すことは出来ない。雨が歇《や》んだ暇に、奥天上平まで出かけて、尾根の具合を見ようと思ったが、雲が、低く垂れていて、雪渓の上部もよく見えない。天幕に戻って早くから夕食の仕度にかかる。今夜豪雨になるとこの天幕の場所は少しあやしいが、河原を離れると藪がひどくて地ならしに余計な力を使わなければならない。川音を聞き続けていると、くすぐられる耳が頭の中へ逃げ込む感じだ。

＊

快晴という訳には行かないが、ともかく朝日が射しているので、今日をのがしてはいけないという気持で、奥天上沢から雪渓を登り始める。尾根がどの程度のものか分らないので、正面の少し面白そうなステップをのぼることを我慢して、それより右によった雪渓を登って行く。最後の方はかなりの急斜面で時間がかかっていまいましかったが、どうしてもステップを切らなければならなかった。雨が来る。三十分ほど洞窟を見つけて雨宿りをしていると霽《は》れる。引きかえす気持は毛頭ない。雪が終り、そこから尾根まではもうそれほどの距離ではなかったが、リンネに入るところが悪くてアンザイレン。岩の質は大変によい。

尾根に顔を出すと、予想外の風だ。その風に吹きあげられて来る霧が、時には雨になったり、息をつまらせたりする。尾根は比較的簡単だが、何しろその風でザイルを解くことは出来ない。

槍の登りにかかるところは、突然幾つかの岩壁になっている。いよいよという感じだ。風が強いので、三人の仲間が四十メートルの綱に結ばれていながら、連絡をとるたびに大声でどならなければならない。少しずつ、西側の、小槍の裏手によって来る。風はいよいよ烈しくなるが、青空が見え始め、頂上近くの

一枚岩を苦労して登っている時には日があたって来た。到着と同時に晴れ渡った槍の頭からの眺望はすばらしかった。霧と風の中をやって来た北鎌尾根を改めて見下ろすと、岩肌は黒々とのびている。

6　山麓の町

半月以上になる山旅だったので、この山麓の町の宿を連絡所に決めていた。いつものことだが、却って出発の時よりも重みが感じられる荷を背負って下って来ると、友人からの手紙が届いている。何ということだ。明後日からの山に誘われている。私は流石にまよう。このきたない姿のままで、この宿で友人の到着を待っているのがよいのか。それとも帰る方がよいのか。私は少し風邪をひいている。

霞む山々に優しくかこまれて暮れて行く山麓の町。私は荷物を選び、明後日からの山に必要な道具を宿にあずけて、ちょっと着替えをしに行く気持で夜行に乗る。

7　池ノ平

久し振りに山を離れたスキーの味わい。田園交響曲風な雪の世界が毎日だった。小さな子供たちを集めてスキーの講習会をしている。私は滑りたくて仕方がないので、あまりいい講師ではなかった。

賑かな合宿生活の中には、私に対する細かな配慮があり、笑いがあり、それほどはむき出しにならない団欒がある。萱場までみんなを連れて登り、そこから下って来た時、これまでに味わったことのない山を離れた、山をただ背景にしたスキーのよさが感じられた。それは勿論晴れやかな、しかも赤みの加わったコバルト色の一筆描きの感じだ。

夜になれば雪が降り、朝になると太陽がその雪を照らす。幼い人たちが健康そうに雪に焼ける。

8　北穂高

遠く積乱雲が赤く小さく、幾つも並んでいる。私はもうこの附近の岩山に慣れてしまったため、日暮れにこの頂上にいても、遙かな山の紫の起伏を黙ってみていることが出来る。そして岩峰に立つ男、腰をおろして頬杖をついている男のダンディスムさえ考えることが出来る。それは山での行為の、大きな要素かも知れないと思う。

9　不帰岳

　もうのどかさがそこにもここにも見え始めている野の道を歩き、まだ雪解けのしめりが感じられる沢道を、小鳥の啼声に拍子を合せて深く入り、しばらくするといよいよ雪だ。しばらくは我慢してスキーを穿かずに登るきたならしい春の雪だ。しかし自然の着実な営みは、今ここで交換されている。老いた積雪の、そのへりに生れる生命の勢い。

＊

　ざらめ雪の、薄く氷の張った雪だのが、大きく縞の織目を見せている八方尾根を、豊かな心を思う存分に味いながら登った。右に不帰、左に鹿島鎗。この晴れた春の日に、山々は何という厚い化粧をしていることだろう。冬のそれとはちがった、白の照りかえしが勇ましい。のどかな日なので、かなり上までスキーをつけたまま登って行けたが、流石に暮れかかる頃には尾根も急になり、氷も堅くなってアイゼンにかえる。

唐松の小屋近くには大きな雪庇が出来ていて、それを真下から崩すのに意外な時間をとられた。

*

唐松の小屋は雪がいっぱいつまっていて、何もかも凍りついている。窓が全部埋っているので、もぐり込んだ屋根の穴をふさぐことが出来ない。炊事に体を動かしているうちはよいが、あまり勢いよくは燃すことの出来ない焚火の火や、小屋の一部分だけ露出している軒先にあたる風の音を聞いていると、はずむ心も何処かへ消え、動くのも億劫になる。

しかし、あの雪庇を崩して這い上った時、私はここにいるという風に、ピラミッドのように、山の王座という風に控えていた剣岳のあの容子はどうだろう。もう太陽の落ちたこの春の山々の中で、とりわけ青黒く、何処か老熟の顔を確かに私の方に向けていた。

雪庇のどれくらいのびているか分らない岩尾根を辿って行く時、黒部の谷からの風は、私たちのザイルを弓なりにした。その不帰岳を最後のところで断念しなければならなかったのは何故か。私は友人の失敗を記すことは好まない。

少し下った岩稜の北斜面には、氷細工の海老の尻尾やシュカブラがあんなに沢山出来ていたのに、そのすぐ南側には苔桃《こけもも》や猩々袴《しょうじょうばかま》が、もう夏の仕度にかかっていた。

10　石老山

低気圧が駈け足で遠くへ行ってしまった今日、あんまりうららかなので、絵具函と飯盒《はんごう》だけを手にさげて、石老山へ丹沢の山々と富士を見に行く。焼山の山ひだにはまだ細く雪が残っていたし、麓の方がこの丹沢に区切られている富士は、相変らずヒマラヤのように光っていた。

誰もいない山径で、今日はどういうものかしょんぼりしている独りの私を見つけて、蛇や蜥蜴《とかげ》や、それから瑠璃蜆《るりしじみ》のような小さな蝶までが、私を追いかけたり、驚かしたり、怖がらせたりした。
林の中を歩いていながら、空を見ると、象のような、獅子のような雲が、高い風に乗って来ては、太陽を食べて行った。太

陽は食べられても一向に平気で、また春らしい風景のための、暖かそうな顔を見せた。近道をしようと思って、暗い沢を、あの石この石という風に駈けて行った。こんな山歩きも私は好きだ。

11 棒ノ折

実にきれいな秋の一日だ。山全体が尾花におおわれて、あの名栗へ下る途中、それが陽をうけてぎらぎら光っているところ。秋茜《あきあかね》や黄蝶。私が走ると、何匹となく蝗《いなご》が私の真下に散る。それが実にひろびろとした気持だ。杉の木立が揺れている。

12 蓬峠

まだ冬がきかかっているという季節なのに、蓬峠では新しい雪が草を埋め、谷に向った雑木をも埋めていた。まるで春先のような天気で、これから吹雪という山で汗をかいて滑り廻った。若いドイツからの留学生を案内して行った。ドイツ語を喋ることの出来ない私たちは、両方片言まじりの英語で話した。

彼はバヴァリアに故郷を持っている。だからスキーはなかなかうまい。それに気取りやでもあって、海老茶のスウェターなんぞ頸に巻きつけて、山を見ていた。

Ⅲ

薔薇の花びら

ヴァンサン・ダンディのことを山の音楽家と呼んでは不適当かも知れないが、私はその『フランス山人の歌による交響曲作品二五』を今聴いたところだ。この音楽は、ピアノの受け持たされている役割を考えると、大分風変りなものだが、それも今は殆んど関係しない。何度も何度も聴いたこの交響曲を、私は好きだとも言えない。

けれども親しかった山の仲間の一人が、この交響曲を好み、彼の家へ遊びに行くたびにそれをレコードで聴かせてくれた。ダンディについても、この交響曲についても、

特別に彼が解説してくれた記憶はないが、ある山へ登り、そこから下る感じは、最初私が聴いた時から未だに変らない。変らないと言うことはよいことかどうか、作曲者にとってどういうことになるか、それは分らないが、フランスの山というから、多分私はラルッスの百科事典か、それともフランスの中学校あたりで使う地理の教科書で見た山を考えていたのだろうが、そ

こを登って行く人々は、ずいぶん古風な身装《みなり》をしている。もうそれは登山史のうちでもかなり遡った方の服装で、手にしているピッケルも形がちがう。みんな鬚《ひげ》を豊かにのばしている。あの音楽を聴いて今も変らないというのはそういうことだ。

この音楽が好きだった友人は、南の島で戦死した。遺骨が戻って来て葬式をすることになったが、遺言があって、何の宗教も信仰していない自分のために、坊さんを呼んだり、教会から牧師さんを呼ばないでくれと言うことだった。みんな集って相談をした末、彼の写真の前に大きな水盤を置き、傍に薔薇の花を花瓶にさしておいて、会葬者たちはその薔薇の花びらを一枚ずつとって、水盤の水に浮べることにした。

それはいかにも清潔な、めいめいの彼についての想いが充分に集中される、いい想いつきだった。そしてその時、次の部屋で、このヴァンサン・ダンディの交響曲を奏でた。ダンディがこうした葬儀のために使われた例は恐らく他にはないだろうが、山の好きだった彼を想い出すのに、これも実にいいものだった。

富士山

東海道線に乗って静岡まで講演に行く時、まだどんな話をしたらよいか、うまく考えがまとまっていなかったので、丹那トンネルを出る頃から、そろそろまとめて置かなければいけないと思っていた。夜行だと汽車の中はそんなことを考えるのに都合がいいのだけれど、私は汽車に乗って窓から景色を眺めないほどつまらないことはないと思っているので、出かける前にきちんと頭の中の整理をして置かなかったことが残念だった。

幸に曇っていたので、富士が見えなくて助かると思っていたところ、次第に雲が切れ、丁度五合目から六合目あたりにかけて、帯状の雲が残り、八合目あたりから新雪をかぶった姿が現われた。比較的普通の人よりは天気のことを気にかけている私は、東京からも富士を見ることは多いが、こうして近づいて見ると、やはり立派だと思った。近いのだけれど、見上げればやはり遠い感じがするし、見ているとこの山をめぐる私の過去の経験は流石に生き生きして来る。その想い出を辿り始めては大変だと思い、一つにはそれを自ら防ぐ気持ちで書いたのが次の詩である。「富士山」という題をつけてある。

富士が見える
おとなしい雲の晴れ間から
遠く大きく
新しい雪の富士が
あそこにいる
黙っている
天辺がちょんと光り
富士が私に気がついて
見ている
汽車の窓の
点よりも小さい私を見ている
心配でがくがくの私を

光った白い富士が
あんな風に
見ない振りしている

「心配でがくがくの」というのは、講演が心配なのだと思っても、他の心配事があるようにとってもいい訳だが、こんな詩を書きながら自分をごまかそうとしても、それはやはり駄目で、いつか舊《ふる》い富士のことを考え出していた。

＊

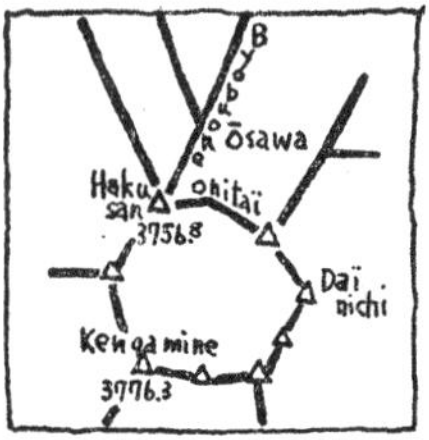

私は夏の富士山へ登ったことがない。というより、春と冬と、二回登っただけである。何度も登る山ではないとも言えるが、そんなことはどの山に対しても悪いから言わないことにしている。

ずいぶん前の四月二十九日だ。前の日、確か五人ほどの友だちと吉田口の五合目の小屋まで登り、翌朝早く樹林帯をぬけ、そのあたりからそろそろ雪の残っているところをスキーで登りはじめた。東京から真正面に見える大沢を七合目あたりまで登ると、もう雪が氷に代わり、アイゼンで右手の尾根に出てそこを頂上まで、まっすぐに登った。

実によく晴れた日で、頂上も暖かく、パインアップルの缶詰を切って食べたことも覚えているし、確かみんな二十分ぐらい氷の上で昼寝をしたと思う。それから今度は沢を、スキー・デポまで、アイゼンを取ってグリセードで下った。急なざらめの斜面の滑降が、息づまるように痛快だった。三、四十分でそこまで来てしまったと思う。そしてそこでかなり長い時間、春のスキーを楽しんだ。

そのころスキーで蜻蛉《とんぼ》がえりが出来たものがいて、その練習を盛んにした。それほどうららかな春の富士を楽しんで夕方吉田へ下って来るとどうも人々の、私たちを見る容子が変なのだ。それでもこっちからは別に訊ねることもせずに駅へ行くと、私たちが遭難したという噂が立っていて、新聞社の人たちも寄って来る。何のことかさっぱり分らない。

ところが大月まで来るともっと驚いたことには、東京から友人だの、また新聞社の人、学校の先生たちが大勢来ている。猩紅熱《しょうこうねつ》で皮がぽろぽろむけている友だちまで、心配してやって来ていたが、その方が私たちにはずっと危険で、よかったよかったと言ってさし出される手を握るのは気味が悪いし、握らないのも気の毒だし、ずいぶん困った。

その遭難の記事は三段抜で新聞にも出たので、当分のあいだ取り消すのに苦労した。これが私の春の富士。

＊

同じ年の初冬、十一月二十三日の新嘗祭《にいなめさい》だったと思う。今度は前とは別の四、五人の仲間で、同じ吉田口から五合目の小屋の鍵を借りて出かけた。ともかく一日でも早くスキーをしたい頃だったので、東京から見る富士の白さがぐんぐん増して来ると、どうにも我慢が出来なくて出かけた。

ところがこの時は春のようにはのどかには登れなかった。朝から風も強かったが、滑れるような雪はどこをさがしても積っていない。スキーを断念して、ともかく大沢を登りつめたのだが、八、九合目からの氷はアイゼンの歯も立たないほどに青く

堅く、それに雪煙を巨大な屏風のように立ててやって来る風は、その度ごとにすぐ近くにいる友だちの姿を全然見えなくしてしまうほど猛烈だった。そして遂にはザイルを使い、頂上についても誰一人休むというものはいなかった。一歩一歩、風に倒されそうになりながら、降りて来た。

*

私の富士へ登った経験と言えばそれだけなのだが、私には山中湖の富士があり、河口湖の富士があり、二月の御殿場の富士があり、初夏の籠坂峠の富士がある。それに、八ヶ岳山麓の、赤と黄に燃える川俣谷の向うの、甲府盆地の向うにうんと高く見えた富士がある。

思えばこの山は、いつも遠く大きく、私の多くの山旅の何処かに焼きつけられている。

思索の散歩道

借り物や親しかった人の形見として貰ったものではあるが、一度失った山の道具がまたぽつぽつ身辺に置かれるようになったこの頃、自分で心組む旅と言えば、つぎだらけの古いズボンに山靴、その荷物は何となく油の匂いがぷんとするような、自ら緊張や忍苦を求める種類のものではあるが、そう思うようには仕事を放って抜け出すことも出来ない。

しかし地方から講演の依頼をうけると、これは何と言っても立派な口実にすることが出来るせいか、堂々とした気持で旅に出られる。だが、それだからと言って、リュックザックをかついだ穢らしい姿で出かける勇気はない。

仕方がないので、このごろ、やっと普段はくことはやめるようになった兵隊靴をはいて行く。そうして講演の時には必ず机が置いてあるわけだから、それでかくれることを考えて、ズボンはよごしても惜しくないものをはき、上半身だけは、私などの話をきいて下さる方々に失礼にならない程度の服装で出かける。これはお洒落をする以上に骨が折れる。そして僅かばかりの荷物は油絵の函の中身を出してそれに入れる。油絵の道具を、水彩のパレットと、一冊のスケッチ・ブックに代えれば、洗面道具や薄い本の二、三冊は楽に入るし、愛用の竹笛もそこに納まる。

私を講演者として東京から呼んだその会の主催者は、大概の場合下車駅に出迎えてくれるのだが、私がそんな風に絵具箱をかついで、兵隊靴で改札口を出てもすぐに分ってくれることはまずない。「失礼ですが、僕を迎えに来て下さった方ではありませんか」と、こちらから声をかけるのだが、そうして一瞬、必ずと言ってよいような訝しげな顔をするのだが、これがもし私に充分な勇気があって、山行きの恰好でそこに現われたら、どんなことになるだろう。

私はこうして出かけた時、自分の頼まれた話を終ると、宿を用意してあるとすすめられても、そこへ泊ることは遠慮し、時間が許す限り、山の方へ、辺鄙《へんぴ》なところを選んで別れて来る。私のこの頃の旅はこうしてその機会を与えられたことが多い。

画家を装って山麓の村人たちの眼をあざむくことは、想えばずいぶんつらいのだが、宿屋に泊るにしても、上等な部屋に通される心配はない。だが時々、帳場から出て来る主人が、色紙や画帳を私の前にひろげた時、素朴な人の、心からあふれる光栄のうちに包まれて、私は小さくなる。名もない絵かきですが、せっかくですから描かせて頂きます。そう言ってパレットをひろげ、汽車の窓から写生した山々などを、多少芝居もまぜ、また多少その絵の中に、田舎の宿の主人の好みも入れて描く。

＊

こうした旅は、勿論私をどこまでも山奥へ誘うことはない。その限度はある。私にとって、山へ登るという行為は、そろそろそれが苦しいものとなって来たが、それだけにまたその行為の中では、思索は貧しいものとなる。貧しいというよりは、そこで受けるいろいろの感動が、自分のはずむ息によってちりぢりになる。それもいいのだが、静かな憩いのうちに、風景が幻のように変り出したり、ゆっくりと流れる雲の独り言も聞いてみたい。私の生涯を、常に最も美しく飾るものとして、それを慎重に採集したい。

特に明るく晴れた五月の日には、落葉松の今年の若さが、やわらかな風にのっていた野辺山の原を歩いた日、野鶲《のびたき》の鳴くその向うに、八ヶ岳の岩肌が淡く赤く鎮まっていた。私は太古の中へ引き戻されていたような気もしたし、私の生命が終る次の日から、なお遠く、幾千の歳月をかぞえた日へ連れて行かれたようにも思った。

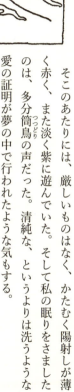

その野辺山の、桜草《さくらそう》や錨草《いかりそう》が咲き出していた原で、私は自分の感傷を嘲笑《わら》わなかった。

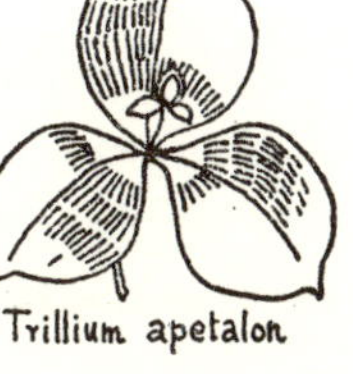

Trillium apetalon

それからまた別の日に、霧ヶ峰を下る時、たった一匹の深山斑猫《みやまはんみよう》を記念に持っているだけで、それが実に寂しくもあったが、泉の湧き出している近くの、苔の敷物から咲き出た一輪の延齢草《えんれいそう》を見つけて、それで安心したように林の中で眠った。

そこのあたりには、厳しいものはなく、かたむく陽射しが薄く赤く、また淡く紫に遊んでいた。そして私の眠りをさましたのは、多分筒鳥《つつどり》の声だった。清純な、というよりは洗うような愛の証明が夢の中で行われたような気もする。

そしてまた、黒耀石がちかちか光っていた和田峠、風があって、笛が思うようには吹けなかったその峠では、生れたばかりの春の黄鳳蝶《きあげは》が二匹で私の侵入を怒っていた。北に浅間山を見あきれば、南に木曽駒があり、背のびしてみれば八ヶ岳の峰々が見えた。私はその峠で、自分の芸術をもっと力のある、もっと寓話に富んだものとするために、誰もいない峠に来ていることも忘れて、あれこれの想いを追っていたような気がする。

*

思えばどれもこれも五月のことだ。そして私自身を秘かに飾る収穫は、みんな五月の、散歩ふうの旅からである。私の思索もその時はとげとげしいものを失い、少しけだるく憩っているようである。

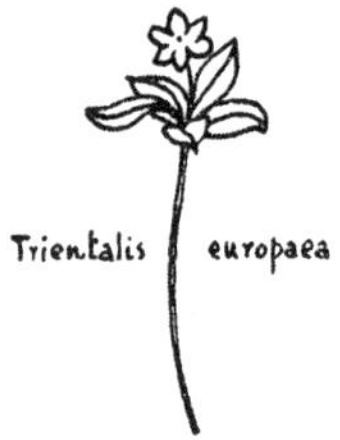

山の湯

私が一番最初に連れて行ってもらった温泉は上州の伊香保である。この温泉のある旅館が、私の家の避暑の場所になっていたらしい。大正の十年ごろ、二、三年続けてそこで夏をすごした。小学校へあがってからも、ひと夏だけはそこですごしたことがあるのだが、どうもそろそろ、子供が見てはよくないものを見るようになったらしく、それ以後は家庭の教育方針が変ってしまった。教育の方針は変らなかったのかどうか分らないが、伊香保には行かなくなった。けれども私にとっては懐しい温泉である。そこから見える山々も、眺めとして懐しい。

子供が見てはよくないものというのを、実はよく見て置かなかったのはちょっと残念だが、一生懸命に記憶を辿ってみると、同じ宿屋の一室に、芸者風のものを交えた三、四人のお客が来ていて、その人たちの部屋へ私はよく遊びに行った。遊びに行くと、お菓子なども無論もらったには違いないが、変な遊戯を教えてくれて、それを私が無暗と悦んでしかたがなかったらしい。それはどういう風なことをするのか、今いろいろとやってみても思い出せないが、手と足とを妙な具合に動かして、最後に人さし指を口の中へ入れて、ぽんと音を立てるのである。あやしい踊りか何かにちがいない。ヤマノさんという銀ぶちの眼鏡をかけた少し歳をとった油の匂いがする人がいたが、そんなことを覚えていたって何にもならない。

＊

最近の伊香保がどんな風に近代化されたか知らないが、森の中をぐるぐる廻りながら、実にのろのろと走る電車はそのころ既にあった。そうしてあの湯けむりの立っている苔だらけの石段を、駕籠が登り下りしていたし、按摩の笛が昼でも夜でも聞こえていた。宿の入口には玉突場があり、不思議なほどに丸くてきれいな玉のあたる音がしていた。

頭に平たい盥《たらい》をのせ、ふかしいもを売りに来る。その声が独特で、「おいものあったかいの、いかがさあん」と言っていた。細い甘いふかしいもで、塩をつけながら何本でも食べたくなった。トクトミロカという人が、ここで大層立派な、『ほととぎ

す』というお話をこしらえたということを教えられた時、私は他のことは何も考えられなかったけれど、ただおじいさんが、私が毎日のようにねだっては食べているその同じ細くて甘いふかしいもを食べながら、縁側に立て膝かなんかして、山の景色を眺めているところを想像した。

*

湯本への道には、あけび細工だの、だるま落しだの、貯金箱などを売っている店が幾つもあり、その店の人たちとは顔なじみになっていた。そのために、ずいぶん無駄な買物もしていたにちがいない。その道の途中の、蔦などがさがっている崖の下に、いつもカルメラ焼屋がいた。七輪に火がかんかんおこっていて、そこに立っていると、手のついた銅《あか》の小鍋の中をかき廻させてくれた。廻しているうちに、ぷちゅぷちゅと赤砂糖のねばねばがふくれあがり、その最後に、観世縒《かんぜより》をさっと入れるのがむつかしい。

湯本はあたりの土が赤茶けていて、四阿《あずまや》があり、ブランコがあり、榛名の方へ行く道の橋のたもとに、橋本ホテルがあった。時々西洋人が、古びた洋館の窓から不機嫌な顔を出していた。その西洋人とは別にアルインさんという外国人がいた。
私はその湯本の坂道をかけ出してどうしてもとまらなくなったことを最近思い出した。そして「赤い坂道」という題で詩にした。

とまらない
もうどうしたってとまらない
声が聞こえるようだ
麦わら帽子が飛ぶ
ころべない
硫黄がつんと匂う
滑る赤い坂道を
こんなに早く……
それから分らない
雲が天へ落ちて行った

＊

何だかみんな昔のことで、私は少し面白くなって来たので、もう少しこの温泉のことを書くことにしよう。

榛名山へ登るのには勿論ケーブルカーはなかったので、歩いたのだが、私は小さかったので駕籠に乗った。ぎしぎし言って、天井の太い棒からぶらさがっている手拭にしっかりつかまっていないと叱られた。それからこれは確か小学校の一年生の時だったと思うが、馬で榛名まで登ったことがある。

その頃、毎日昼すぎると、クニさんという馬の臭みがすっかり体にしみ込んでいる人が私を迎えに来て、馬場へ連れて行った。それがいやでたまらなかった。どうしてそんなことをさせられたのか、私はそろそろクニさんが来そうな時間になると、押入れに隠れた。馬場には、大きい黒馬と栗毛の小さい馬がいた。黒馬の方はおとなしかったが、小さい方が私をどうも馬鹿にしているらしく、急に首を前へ下げるようなことをするので、よく落ちた。鞍へつかまるとクニさんは叱るし、馬場の夏草まで、何もかも恨めしくなった。

私は幸に、黒い大きい馬で榛名へ登った。かえりに暑くて、ねむくて、とうとう馬の背中でぐっすり寝こんだ。

宿から下へ歩いて行くと七重の滝があり、もっと行くと湯中子だの、水沢の観音があった。ずいぶん遠いところのようだったが、桔梗《ききよう》の蕾をぷつんぷつんつぶしながら歩いて行った。

＊

伊香保もそれ以来行かない訳ではない。ある初夏のころ、私はやがて大学を出る時分だったと思うが、盲腸炎の手術をした甥をつれて、十日近く行っていたことがある。そのころは同人雑誌などを出していた文学青年だったから、甥の手術後の附添よりも、それを口実にして、自分が本だの原稿紙を持って温泉の宿へ泊っているという生意気なたのしみがあった。

目の前には懐しい子持山だの赤城山などが、昔のままだったし、もう縁側の藤椅子に腰かけて煙草をすったし、トクトミロカはふかしいもばかりを食べていた人でなかったことも知っていた。大弓場へ行って弓をいたずらし、そこの娘さんと話をして、そのことを友だちに手紙で詳しく書いた。強い夕立があり、池の鯉がはねた。

私はこの山の湯に新しい情緒を見つけて、毎日をいい気持ですごしていたが、ある晩、この宿で大宴会があって、それ以来私をこの温泉から追い出してしまった。それはこの群馬県知事がかわって、送別歓迎の会をやったのだが、何しろあまりいいことは考えていないらしい四十、五十の男が七人十人寄って騒ぐのだからどうしようもない。私はそれ以来ここは来るところではないような気がして行かない。知事が追い出したのだから間違いないだろう。

＊

私が気ちがいみたいになって山ばかりに登っていたころには、山奥の温泉もよく知ってはいた。知ってはいたがそこへ泊るようなことは殆んどしなかった。山へ登る前に、そんな温泉につかっていたら、体がだらけてしまいそうだったし、またそんな気持のゆとりがある筈もなく、一刻も早く山頂へ辿りつきたかった。山から下って来て、時間があれば、そこに泊らないまでも、汗ぐらいは流して家へ帰ればよさそうなものを、一週間も十日間もずっと天幕生活をしていて、自分でもつまみ上げるより仕方がないほどによごれた着物をせっかく汗を流した体にまた着なければならないと思うと、河原に露天風呂がいい具合に湯煙を立てているのを見ても、そこへ飛び込む気持になれなかった。

だから山奥の温泉に少ししんみりとひたった経験と言えば、大体大雨が降って、どうにも動きがとれなくなった時である。

大町から高瀬川を溯り、天上沢に幕営し、槍の北鎌尾根を登った時も、ずいぶんよく雨が降った。北鎌尾根は、尾根に出るころから風が強くなり、雨がまじり出したが、その荒天の中を登り、槍の肩の小屋で一夜をあかした。そして東鎌から天上沢を下って幕営地へ来てみると、大水が出ていて、私たちの天幕や、そこらに置きっぱなしにしてあったものは全部川底にひたっていた。この水びたしの重たい荷物を拾いあつめて、あの湯俣温泉まで下って来た時には、私たち三人の仲間は、何にも言わずに裸になって、雨の中の露天風呂に飛び込んだ。下って来ても雨はまだ降っていたのである。湯俣水俣の合流点にあるこの温泉は、小舎の傍にその露天風呂があるだけで何にもない。

親しい仲間ではあるが、そして荒天の中をともかく計画どおりに北鎌尾根を登るこ

とが出来たのであるが、変にお互いに黙ってしまって、三人それぞれ飯盒の底の、残りの御飯をかき集めたり、少しばかり残っているオートミールを作ったり、パンのかけらなどをかじる。私は今でもその時の、やつれた顔が、湯煙の中からぼやんと見えて来る。そうしていつまで見ていてもどうにもならない雨雲を眺めている。

*

上高地もそのころは、真夏でも今のように混雑することがなかった。高等学校の山岳部の合宿で天幕を張ったが、雨が実に根気よく続いて、みんな慍《うらみ》っぽくなり、お金のあるものは宿屋へ移った。私は上高地には何度も行ったが、正式に上高地温泉というものに入った記憶がない。その頃、河童橋のそばに案内人たちが集っている小舎があって、雨の日などはそこへ入り込んでばかな話をして暇潰しをしていた。そこの小舎の鉄砲風呂に入れて貰ったことぐらいしか覚えていない。

Y君は、私の山の仲間では一人だけ器用な男で、みんなに重宝がられていた。ただよく怒るので、何かして貰う時には、初めからそのつもりになって機嫌を悪くしないように充分気をつけていなければならない。いつもリュックザックの中には裁縫道具から、破れたところにあてるつぎきれまで入っていた。雨の降り続いていた上高地で、私たちは天幕から宿屋に移ってもう何日にもなる。晴れ間をみて霞沢の三本槍へ行っただけで、じりじりしている。

その時器用なY君は無聊に苦しみ、宿屋の押入れから枕を二つ出すと、何か急に決心がついたように、そのうすよごれた枕カバーを抜き取り、むっつりした顔で、その二つをつなげて猿股らしいものを作った。それが出来上るとにこにこし始め、ちゃんと行儀よく向うを向いてはいてみたのだが、足をひろげることは勿論、歩くことも出来なかった。

私は『旅』の編輯室に、戸塚文子さんを訪ね、失礼なことかも知れなかったが、そのY君の猿股の話をすると、いきなり、そりゃあだめだめ、三角を入れなくっちゃあ、こういう形のものを入れなくっちゃあだめ、と一生懸命私にその作り方を教えて下さった。寔《まこと》にありがたいことだと思いながら、確かに器用だった筈のY君も、このことに関してはあまり器用ではなかったことになり、少し気の毒になって来た。だが、この忘れることの出来ない上高地温泉の思い出に、更に戸塚さんの三角が加わったことは、私の無器用な頭の中では、もうどうにも分離させることが出来ない。

独りの山旅

私は自分の書く仕事のことでは、寝不足を続けたり、いやで仕方のないことを無理に書こうとすると、すぐに疲れるようになった。我儘のようでいやなのだが、どうにもならない。無理をすると熱なども出るので、そのために自分で用心をするようになり、従ってぽつぽつ迷惑をかけることも出来て来た。

ところが山へ行くと普段よりは遥かに元気が出る。勿論息は切れるし、休まずに、がむしゃらに登ることなどは駄目になったが、それでもまだ、いい加減重い荷物を背負って歩くことは出来る。しかし山へ入ったら、ただせっせと歩くことより、沢山道草を食い、充分我儘もしたい気持が非常に強くなっているので、人から誘われて、昔のようにすぐに飛び出すことはなくなった。もっとも殆んど誘われることもなくなったのだが……。

けれども、これは少々負け惜しみのように思われるかも知れないけれども、たった一人で山を歩くと言うことは格別の味があり、私は昔から好きだ。独特の印象が残る。私の過去に出かけた山の中から、単独で歩いた時の記憶を集めればかなりになる。三、四人で一緒に行った時でも、途中から許して貰って独りになったこともずいぶんある。

山の頂に独り残って、友人が下って行く後姿をいつまでも見送っていたり、尾根の途中から私だけが谷へ下って行ったりする時、私は独りになることを悦ぶ気持を露骨に見せはしないが、ほんの少しばかりヒロイックになることがまあうれしくて、それで仲間の気持を悪くしない程度にこんな別れを楽しんだことも多い。

＊

独りの山旅は無論寂しいことであって、その旅が長ければ、何日も口をきかずにいることになるし、痩尾根などで径がはっきりしない時や、急に谷から霧が吹きあげて来て、私を盲目同様にしてしまう時などは、それは何と言っても心細い。けれども、その寂しさ、心細さの中で、大きな山から受ける試練はずいぶん貴いものがある。

私はそういう意味で、気持をよく知り合った仲間で、山へ出かける楽しさを否定しはしないが、独りの山旅を若い人たちがもっとするようになればいいと思う。私の今の場合は何と言っても体力が衰えかけているので、勝手気儘をしたいと言う理由もはっきりしているが、その自由のかげに、当然強い緊張が伴っている。

実を言えば、山での行為は、この緊張感こそ貴いのであって、それは何よりも独りの時には最も切実に用意されるからである。この単独行を無条件にすすめることは慎まなければならない。無謀に行われれば、危険は大きいに決っている。目的の山に関する知識をあらかじめ充分に持っていなければならないことは言うまでもないが、分担して携行することの出来ないその荷物も大きくなるだろう。

しかし準備に怠りがなければ、独りの山旅の経験は、精神的にまたえられることが極めて多くまた大きい筈である。独りでした野宿の経験などは、たといそれが大して高くない山の雑木林の中でのことであろうと、深い谷を足もとに見下す岩壁のテラスでのことであろうと、自分の生きる強さをはっきりと分らせてもくれるし、そこで得た自信は、人生の中での実に多様の苦しみを、怖がらずに迎える心構えにもなるだろう。

＊

単独登山の流行する時代が来るかどうかは分らないが、独りで登る時には、山は一層高く、一層嶮しく、一層巨大である。私は子供っぽい夢を見たものだと笑われそうだが、ヒラリーとテンジンがエヴェレストの登頂に成功した知らせを新聞で読んだ晩、そのエヴェレストへ、今度は私自身がたった一人で登った夢を見てしまった。

孤独な洗礼

何故人は山へ登るのだろう。

ちょっと待って下さい、と私の傍にいた若い山好きの男が私の言葉をさえぎる。そんなことを私たちは自分に問いかけなければならないのでしょうか。私は山へ登りたいとも思いますけれど、それよりも、ただ山の中にいたいのです。

よろしい、それならば私はこのことを自分への愚かな問いかけであったことを認めて、恥かしいけれども引込めることにしよう。別に君に問いかけたつもりはなかったのだけれど。

＊

その後私は独りになって、やっぱり秘かに自分へ問いかけてみるのだった。何故私は山へ登るのだろう。山好きの若い男が言ったことは私を感動させたが、私が自分へ問いただしてみたかったのは、私自身、もうそれほど純粋な気持で山へ登ってはいないことが気になっていたからだ。

　何故、好んで雪と氷の岩尾根や岩壁を攀じるのだろうか。一歩一歩の疲労が、ただ白いあやしい夢を産んで行くような、そんな雪の深い斜面を押し進み、やっとのことで辿りついた凍る岩壁に、根気よく、いよいよ力を入れて足場を切る。そして時にはもうこの一つの力のかたまりをいさぎよく投げ棄てることで、自分の力はすっかり尽きるような思いさえして、夢中で這い上ったその岩峰の頂は、とうてい息もつけない程の横なぐりの雪と風だ。

　若い日の、数々のこうした登高には、幾分勇壮なたたかいの気分がなくもなく、その末には、征服の熱い歓喜もこみあげて来た。今ここに立つことの出来た自分を、誇らしく飾るために、頬に突きささるような強風がうれしかった。しかし今は、私の山での行為に、秘かな理由をつけずにはいられなくなった。たといそれが他人には通じかねても、自分だけには納得のゆくような、そういう秘めた理由を。

＊

　当然のこととは言え、思うようには彩られなかった私の過去は既に重く、また重きが故に私は振り返る。遙かなる夕映えの中に、もう希望のみの踊る幻影は見つけにくく、ただそこには去って行ったものの空しさとそれを眺めようとする悲しい追憶があるばかりだ。

私はそれではいけないことを知っている。あの氷の山頂に立って、私はただ振り返ることを奪われた一つの動物のように、前に向って力いっぱい踏張っていたい。よろめく私をささえるものは私以外にないことを知っている筈ではないか。

遠く続く、確かにこの足許から続く純白の山なみや雪原に、私の未来の起伏を感じよう。それは私にとって、今を遅らせればもう再び訪れることのない孤独な洗礼である。

神のない孤独な洗礼。鋭い針のように痛い風と雪との試錬のあとに、自ら迎える、洗礼である。その洗礼の行なわれる殿堂は、天へ向って清らかな祈願をかたどってそびえるこの冬の岩山であるが、私自身の心の中にも、同じ清浄な願いを芳香のように宿す壮麗な殿堂が築かれるだろう。

*

十一月下旬になって、私は上高地へ出かけた。そして新雪の深い西穂高の尾根を歩いた。私の山には二十年の空白があり、梓川も大正池も、懐しい河童橋も、みんな久しぶりだった。最近の夏の日の雑踏のうちに、舊《ふる》い山々やあの谷あの川を見ることは、とうてい堪えられそうにもなかったので、この季節はずれをわざわざ選んで、やって来た。

釜隧道を出るころから雪は烈しくなり、大正池の上には旋風が幾つも幾つも出来ていた。薄く明神が見える。薄く焼岳も見える。こんな吹雪の日に、宿は一軒残らず閉され、山の仲間の姿は一人も見かけなかった。淋しくはあるが私はうれしかった。山々から崩れ落ちて来るような吹雪も昼すぎて小やみとなり、冬枯れの木々の幹や梢に、木走《きばしり》や日雀《ひがら》の姿が見える川沿いの道を、その上を歩けばばりばりと砕けるほどの薄氷を踏みながら、河童橋へやって来た。

*

もう暮れかかるやっとの明るさに、雪がただほの青く見える明神や奥穂高の岩壁、それが今、長い別れのあとにやって来た私一人の目の前にある。この山々がかつての私にとって何であり、今の私にとって何だろう。薄く雪がたまっている橋の欄干に両手を置いて、胸さわぎの鎮まるのを待たなければならない。

追憶は許されていいだろう。そのためにここまでやって来たのだから。そのために、ここに立っているのだから。

昔、十日も二週間も続いた岩場の天幕生活を終って、やつれ切ってこの橋まで下りて来た時、飯盒の底にこびりついた残りの飯をがりがりとかき集めながら、私は一つや二つの深い息はしながらも、また次の山旅の計画を考えていた。もうそこが下界のように思われた私たちは、再び訪れる山を想い、その楽しさに慰められながら、重い荷物を背負って、夜の徳本峠を越えて行った。

奥穂高の岩に一夜をあかしている仲間と、夜更けに灯を振り合って合図をしたのもこの橋の上、梓川の水はその時も今も、全く変りのない音を立てて流れている。変り果てた姿はどこにもない。その川音は単調ではあるが、私がかつてその川音から聞きとった深く厳しい自然の戒めを、今もまた、それを想い出

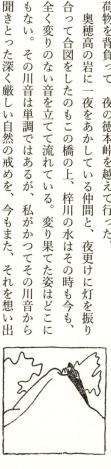

としてではなくこの耳で聞くことが出来る。それはあのバッハの作曲した数々の音楽にも似ている。自然の戒めと言ったのは、解放された私が聞く静かな言葉であり、遠い轟きであり、愛撫のような、乳のようなものである。

＊

バッハと言えば、その「小前奏曲」を好んで口ずさんでいた私の山の友は、数冊の丹念に書き込んだ山日記と、笑顔とを残して戦死した。そして私がここに携えているピッケルを形見に残した親しい友も戦死した。彼らの、この地上でも最も無慚な死を救うことの出来なかった私は、彼らと一緒にこの懐しい橋の上に立って、山を眺める日はない。

私はそれを想えば、翌日の登攀が、自分の孤独な洗礼であるよりも、彼らのための弔いとなるような気がして来た。川鴉《かわがらす》が飛ぶ。また冷たい風に雪が舞い落ちて来る。西穂高の尾根からは、いっぱいの雪を含んだ大きな雪が滝のように落ちて来る。だが東の空には一つの雲もなく、そのまま夜になるまで立ち去ることの出来なくなってしまった私は、十四日の月が皓々《こうこう》と冷たくのぼるのを見た。

＊

翌日深い雪の中を、穂高から焼岳へつづく尾根に出てしばらくの間、飛驒側から吹きあげる風と雪を左の頰ばかりに痛くうけながら、西穂高の岩峰へ向って登ったが、予想していたようにアイゼンで歩けるような堅い雪がなく、時間がなくなって一つの頂上に立つことも出来なかった。それが私には心残りである。そうしてこの口惜しがる気持に、自分の若さの、かすかな名残りを感じた。

振り返りながら歩き出した沢渡までの長い道で、ある学校の山岳部の人たちに会った。冬山の準備のために大きな荷を背負っている。簡単な挨拶を交わして行きすぎると、一人遅れて、まだそれほど山の経験もないらしい極く若い一人の学生が登って来た。はち切れそうなリュックザックの上に木箱を二つも重ねて背負っている。前の人たちは元気よく、上高地や山の雪の状態を私に訊ねたが、一人おくれたこの若い学生は、こごんだ姿勢のまま下からうかがうように私の顔を見上げて、あとどのくらいかかりますかと訊ねた。余程参っているにちがいない。先輩から譲って貰ったらしいぼろぼろの山靴をはいているその足が疲れている。

聞いてみれば前の人たちと仲間だというが、新入部員として、こんなにも背負わされているのだろうか。私は、ゆっくり歩いて行くように、そうすればすぐ上高地ですと言っただけだが、このつらい今の辛抱が、必ず君の未来に役立つに違いないと心の中で力いっぱいはげましながら、小石がざらざらと崩れる曲り角に消えるまで、彼の後姿を見送っていた。

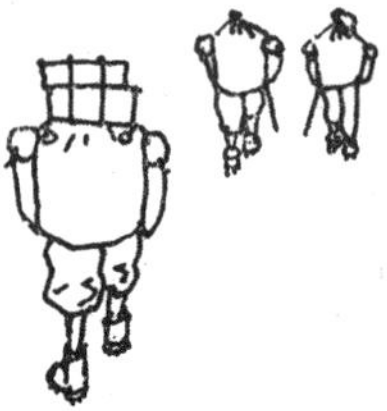

*

何故人は山へ登るのだろう。何故好んで、氷の岩尾根を登って行こうとするのだろう。この自ら悦んで求める忍苦の行為を人が棄てないうちは、私は人間の尊いねがいを疑わないだろう。

荒小屋記

荒小屋というのは、山形県の新庄から、しばらく北へ向って行ったところにもある小さな部落の名前だが、私が一年半ばかりそこに住んでいる時、何人かの友だちは、手紙の所書を見て、私の住んでいる家がぼろぼろで、それでこの辺の人たちに荒小屋なんぞと呼ばれているに違いないと思っていた。

奥羽本線の新庄駅で下りて、今では市になったその町の、広い通りを四角から北へ北へと曲って行く。家並がだんだんまばらになり、農器具を売る店だの、馬蹄工の家だの、それから破れた擦硝子にきたならしく板がぶちつけてあるような、店ともただの住居とも分らないような家がぽつんぽつんと建っているその辺で、新庄から酒田へ行く陸羽西線の踏切を渡る。これから先は、少し行けば田圃の中の一本道だが、これが羽前金山から秋田へつながっている街道で、春先や秋の日暮どきなどは、その道ばたに腰を下ろして遠い山々を見ているのは、まことにいい気持なのだが、真冬、風雪の強い時には、片方の頰がどうかなってしまいそうにつめたくて、息がうまく出来なくなることだってある。雪の山の中でぶつかる吹雪とあんまり変りがない。そんな時にはもう馬橇も通っていないし、向うをむいているのか、こっちをむいて歩いて来るのかさっぱり分らないように、すっぽりとケットをかぶった人が、吹雪の波のあいだにやっと見えるくらいだ。

時によって楽しくもあり、恐ろしく辛くもあるその街道が、奥羽本線を越えたところ、そこが太田という部落。赤い木の箱のポストが壁にくっついている雑貨屋が一軒ぐらいで、あとは大体この街道に沿ってみんな農家だ。牛のなき声もきこえる。こやしの匂いもこのあたりからはもう充分。そしてこの太田の次の部落が荒小屋というのである。新庄の駅からは、線路づたいの近道もあるけれど、ともかくせっせと歩いても一時間以上はかかる。

＊

私は戦争のころ警防団員で、他家の荷物を運び出したり、火災が起ると、一生懸命に消していた。それはよくその頃も思ったことだが、敵と戦っているというよりは、実際は戦争と戦っている感じだったが、そのうちに自分の家も焼け、田舎に故郷のない三代目のへなへなの江戸っ子の私は、もうこうなったら逃げるより他に仕方がないと思って、日本地図を開け、なるべく太そうなところを選んでやって来たのがここだった。

軒先までの雪のために暗くて寒い宿屋に一箇月、蚤《のみ》と虱《しらみ》の巣だった魚屋の屋根裏部屋に一箇月半、そこも遂には家屋取り壊しの命令が来て、仕方なくこの秋田への街道をあてなく歩いて行く時、田圃に立っていた農夫に同情され、その農家に田植えのころから穫《と》り入《い》れのあとまで厄介になっていたが、その後、街道から少し入った森のはずれに自分の小屋を建てて住んでいた。

これが、生れてから東京以外に住んだことのない私が、荒小屋という本当にいい名前の部落に入り込んだいわれである。

幼いころから大きな家にばかり住まなければならなかった私は、何とかして小さい家に住むようになりたいものだと実に贅沢な願いを抱き続けていたが、父親が死んでからというものはぐんぐんその理想に近づき始め、戦争の力をかりた形で、屋根裏部屋で、自分の敷いた夜具布団の中から寝ようと思ってかけ布団に手をかけると、鼠が何匹もするすると出て来た時などは、大分、現実は私の理想をとおり越していた。

＊

私はそれまでにも、何回かの旅や山歩きで、農家の生活を全然知らなかった訳ではないし、宿をかりたことも二度や三度のことではなかったので、そんなに驚くこともなかったけれど、その借りた部屋以外に自分の住む家がどこにもないということになると、私は、ただ僅かのあいだ、ほんのうわべだけで感謝して済ますようなことも出来なくなった。鍬を持ち、鋤を振りあげ、草鞋《わらじ》を穿いて畑で働かなければいけないと思った。しかし私は、そんなことを少しもいやだとは思わなかった。工夫が要るわけでもなく、少しばかりの要領はあったかも知れないが、大体は我慢をすれば何とか出来る根気仕事だった。

この辺は米の産地だから、農家の仕事と言えば殆んどすべてが田圃だ。野菜なんぞは自分のところで食べるものさえ充分に作らず、この部落からまた奥の方の、萩野の開墾地から売りに来るのを買っているくらいで、あとで私は自分の小屋が出来てから、

南瓜を上手に作ってみんなにほめられたことさえある。しかし、ほめられたからと言って、大々的に南瓜栽培でも始めれば、これは当然憎まれるに違いない。

田植えは最初どろんこ水があんまり気持よくなかったが、一つ一つ、植え終った田に水を入れて、夕方自分の植えた苗が、それで結構という風に涼しげにしているのは、眺め渡していい感じだった。夏の真最中の田の草取りは少々つらい。鋭くのびた稲の葉先で目を突かないように金網のお面をかぶっているものもいたが、私はかぶらなかった。稲の株に交って稗《ひえ》が威張っているのを見つけると、引っこぬいてどろどろの中へ丸め込み、稲の肥料にしてしまう。私は今でも掌に、あのなまぬるい泥水をかき廻した時の触感が想い出せる。

田圃一面
思う存分の緑だが
見上げる天は殆んど黒
私は教えられた通りに草を取る
時々威張って伸びた稗を見つければ

教えられた通りに引っこ抜く
どろんこ水は湯になって
何だかぶちゅぶちゅ言っている
自分が植えつけてここまで育った稲を
何処の誰が食べるか知らないが
陸羽百三十二号は無事である
この日盛りに農夫はあんまり出ていない
ぽつんぽつんと背中が見えるだけだ
馬が遠くで尻尾を振っている
それも焦げる畦の上で
街道は白々と光って人がいない
私はまたちょぼんじゃぼんと掻き廻す
蟆子《ぶよ》が襟首に飛びついて来る

*

それから稲刈りだが、これは鎌の使い方がむつかしくて、あまり得意ではなかった。それで私は、もう秋の末の寒い風が、鳥海山や月山のほうから吹きおろして来るころ、農夫たちが悦ばない杭がえしを熱心にやった。刈った稲を乾すのには、地方によっていろいろの仕方があるが、ここでは長い丸太を刈り取った田圃に立て、地面から一尺ばかりのところに、丸太をはさんで二束の稲をしばりつける。それを基にして、順にぶっちがいに、丸太の高さまで束を積みあげて行く。けれども、そのままにして置けば、南側を向いている稲ばかりがかわいて、北向きの稲には気の毒だから、それを公平に乾かすようにかけかえをする。それを杭がえしと言っている。

私は東京を逃げ出す時に穿いていた山靴をはき、火の粉をかぶって焼けこげだらけの外套を着込み、踏み台にのって終日杭がえしをした。農夫が馬にまたがってやって来る。もういいから帰ろうと言われると、何だかやめるのが惜しくなって、秋の日暮が寂しく暗くなるまで、だんだんに吹きつのる風の中にいた。

私はその暫く前から熱があって、いつも背中や腰に悪寒を感じていたので、冷たい吹きっさらしでそんなことをしているの

はよくなかったけれど、ほかにヒロイックな気分になれることも見当らなかったのか、妙に意地張りになっていた。その熱のために、時々一日二日寝込むことはあったが、病気が悪く長びくことはなく、頭が重くて我慢出来なくなると、牛をつれて萱場へ行った。

＊

この黒い牝牛のことは、前にも時々書いて、『孤独なる日の歌』や『雲のひとりごと』の中に入れた。牛のおとなしさや、そればかりとは言えない気質が初めてよく分り、不思議な親しみを覚えたので、それで何度もこの牛のことを書きたくなるのだろう。写真機でも持っていれば、きっと幾枚もうつして、それをずっと大切にしておいたろうのに、その顔付を写生もして置かなかった。何しろ大きな顔だし、よだれは無闇とたらすし、いつも虻が追いかけていて、気味が悪いと思い出したらどうにもならない動物なのだが、額のところで渦を巻いている毛だの、長い睫毛のとろんとした眼を見ていると、私はほろっとする。そんな風に気持ちがだらしなくもなっていた。

夕映えの秋の野原へ、その牛と二人でやって来て、ぼやんと寝ころんでいる時、ふとその眼を見ると、夕焼けのきれいな空がうつっていて、牛の眼の中の風景も赤いのだ。

「ひろびろとした額の上に、月日は物静かに積って行く」と言ったジェフリーズの牛は赤牛だったが、彼も同じようにその牛の眼の中に自然界が映っているのを見た。

「その巨大な美しい眼。そこにただ一滴の涙があるか、一抹の微笑さえあれば、それで人間の眼にもなるのに、それがないので、大きな、ふくよかな牛の眼は、人間の生活を超絶するもの、太古の神々の無念無想のまなざしとも見え、その眼の上にあたかも鏡のように自然界が映っている。」

*

この辺で私は自分のその当時の日記帳をあけてみる。と言っても、運悪く幼いころから書き続けていた日記帳を戦争で焼かれ、新しく帳面も手に入らなかったために、一九四六年の四月になってからのことでないと詳しく書いてない。日附けをやめて、ところどころ写してみることにしよう。

＊

今朝三時まで起きていたが、炉の火が消え、炬燵に火がなくなっても、それほどの寒さを感じなかった。二つばかり版画の原図をかいてみた。そして今夜はその一つを版にしてみたが一向に気に入らない。暫くそんなこともしなかったせいだろう。墨の具合もよくはなかった。こうした失敗は昔どおり私を滅入らせる。こんなことをしているうちに、都会にいる友人たちは、どんどん仕事を見つけて、面白そうに稼いでいるようだ。しかし、たとい今私が東京にいても、そして、何処かに招かれるようなことがあっても、とうてい応じることは出来ないだろう。めまぐるしい仕事は、もう私には出来ない。私は馬鹿になり、無能になり、出来ることもせずに済ませるようになってしまうだろう。少し心さびしい。私は他人にたよることが段々にいやになると同時に、独りで何かやるのもいやになって来る。

午後は強風とともに雪や霰が降って来た。小屋の中へ、豆のような霰がかわいらしくころがり込んで来る。またそれから午睡。そのあとに寒い夕方がやって来る。夜になってもまだ風が残っているが、東寄りの風だから昨夜のように川の音は聞こえて来ない。

＊

一度寝床に入ったが、体が暖まるとまた起きたくなった。その頃に驟雨性の雨が降り始める。雪国の春の夜半に、幾分狂ったように降り出す雨である。二十分ほど強く降ると、雨はぴたっと歇《や》んで、風と雨垂れの音ばかりが残る。森が唸り、雪解けの水で勢いの出ている裏の川が闇の中で騒いでいる。私は気がつくと、起き出してからただ頬杖をついてばかりだった。

今日は野菜摘みと、極く簡単な大工仕事と午睡と、また少しばかりの読書。雪が消えかけている流れの岸を、私は草履も穿かずに、ふきの芽を摘んで歩いた。何処からも、草と小虫とが同じように生れかけている。水は冷たい。胡桃の木の下の真黒い土が、まるで懐しいスポンジ・ケーキのようで、やわらかく、手を入れると一種の精気が伝わって来るようだ。何ということもなく、はだしで雪の上を駈けてみた。

＊

一日かかって作った手製の机の前に坐って、これからの仕事を考えてみる。身辺は相変わらず冬のまま乱雑であるが、少しずつ何かが整って行くようでもある。『荒小屋絵本』を書き出す日も遠くはあるまい。材料が豊富であるかどうか、多少創作風に書くつもりのそれを書き出してみなければ分からない。この小屋に、今たった一枚かかっているパウル・クレーの絵のような、ふっくらしたお菓子のような本にしたい。おいしい本にしたい。

＊　寒い。終日雪が降っていた。岸辺の猫柳に、その雪が積った。恐ろしく寒い。寒さとともに冬の無気力が戻って来そうだ。

　不夜の詩を書いて柱にかけてみた。

＊　午前中河原へ行って絵を一枚描いた。数本の樺太柳の向うに鳥海山を見た風景だが、私の絵で鳥海山がよく見えるかどうか、これは自分に訊ねてみても駄目である。私は自分の描く絵の中で、その雪の山を信じ込んでいる。文章の味ということでも、それと同じことは必ずやっていると思う。

　午後三回森へ出かけた。焚木を拾いに行ったのだ。小鳥の囀りはきれいだったし、雉鳩《きじばと》の太い声も頻《しき》りにしていた。栗の木の枝を拾い、また杉の葉を集めて背負って来る。そのためずいぶん疲れたが、今夜は焚物が沢山あって気分はよさそうだ。

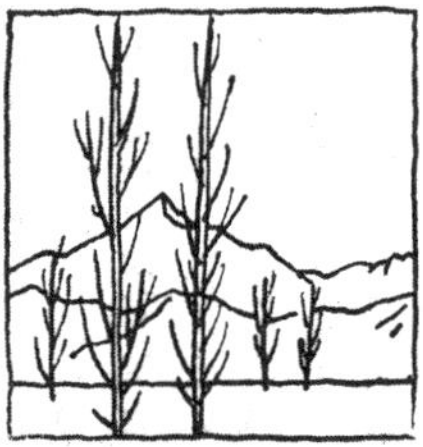

村の小さな女が死んだ。歳は五十を過ぎている。道楽者で、主人に逃げられてから、男を引っぱり込んでは遊んでいた。梅毒で膿だらけになり、気も狂っている。この冬あたりからは、頭からも膿が出ていて、非常な悪臭を発していたというが、それでも男の方から遊びに来るものが三人もあったと言うことだ。明日はそこへ悔みに行かなければならない。ただ、ただれたようなこの女の一生を考える。

＊　農家へ仕事の話をしに行く。今度は田圃の仕事を最初から全部手伝ってみようと思う。その家からの帰り寒い夕方だったが、千切れ雲が飛び、それが一つ一つ異った色に彩られて、実に美しく、ハイカラな空だった。この色だけはしっかりと見て記念にしておきたいと思う。そのために、私自身は出来る限り単純になりたいと考える。それはほんとうに深みのある立派な色だった。そして山の麓の色にも神話風なものがあった。風はまた強くなる。

＊　民芸品の陳列があるというので町まで見に行こうと思っていたが、朝からの冷たい雨に足をとめられてしまった。この前少し見てから、民芸と民具と蕃芸などの区

別を考えてみている。民芸のある作品を見ていると、薄気味の悪くなるものがある。人間が根気くらべをしているようなものである。そして自分の根気というものは、その場その場で仕事にあたって、はじめて分ることだし、これは予測出来ない。極く技巧に富んだものが根気仕事に入った時には、そればかりは文句なしに人を驚かせる。しかし案外そういうものはすくない。

＊　四月ももうそろそろ終るが、森にはまだ雪がかなり残っている。午後その森を歩き、泉川の河原に出て一枚絵をかいた。下駄の緒が切れ、はだしで土手を登り、菊咲一輪草を二株掘って来た。淡紫色のものと白いものと、両方ともきれいだったので。去年の秋に大分描いてある『荒小屋植物地誌《フロラ・アラゴヤ》』を続けてゆきたいと思う。

＊　町の積雪地方農村調査所の一室に陳列されてある民芸品を見に出かけた。東北地方と北海道方面のものを集めてあるが、私の期待していたものは全く得られず、それとは別の刺激をうけた。ブルーノ・タウトの作品が少し出ていたが、見劣りがした。

こういう藁工品の中では、ヨーロッパ人の感覚が貧弱に見える。それは繊細とも見えず、ただ弱いのである。しかしこの地方のものでも、出品してあるものは陳列されることを予想して作ったところが見え、藁工品としてはもっとどぎついものの方がよいと思った。

夕方になってから森を抜け、栗の林に絵を描きに行った。樵夫がしばらく、煙草をのみながら見ていた。私は日のあたっている緑に思い切って黄色を用い、その裏の濃緑色をぬる時には、その黄色を篆刻《てんこく》する時の気持で残して行く。しかしその描き方は今日のところではうまく出来ていない。ただ風景を自分流に描こうとする勇気が出て来た。次には森の奥で、木の枝の交叉ばかりを描いてみたい。

河原近くの土手で翁草を見つけ、掘って小屋のそばに植えた。

＊

二度豆《にどまめ》、菠薐草《ほうれんそう》、午蒡《ごぼう》の種を蒔く。三本鍬で畠をおこす。惨めさが身にしみる。これは大切な気持である。私は百姓ではない。ただ百姓することも出来るだけである。

冷たい朝だった。起きて五月の暦を作る。暦は時には私をた

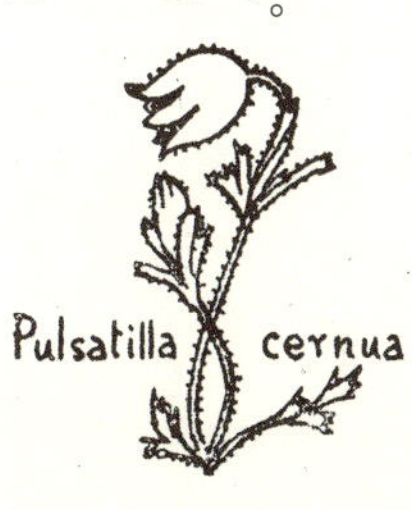

のしませもするし、悲しませもする。そして月によってこれを作る時に一種の予感さえするのである。よいにせよ悪いにせよ、予感がしているうちはたのしいのだが……段々とそれが薄れて行き、ほんの習慣になってしまいそうである。

*

森へ絵を描きに行く。今日は空を入れず、陽のあたっている小さい杉の並んでいるところを描く。背景は大きい杉の森。落葉樹が二本ある。実は落葉松の新緑の色に牽かれて行った訳だ。最近の三枚の絵をならべてみる。私らしい進歩もあるが、先が見えている。もう森の絵はいい加減で打ち切りにした方がいい。薇《ぜんまい》を摘んだ。萱場に山棟蛇《やまかがし》が日なたぼっこをしている。薇はまだ少し早い。風が鎮まって、立派な夕方だった。三日月が出ている。

*

これは春先の日記のほんの抜書である。

荒小屋周辺の部落の十幾つかは散歩の足をのばして訪ねたことはあったけれど、毎日すぐ目の前に見ていた陣ヶ森山、大森山、杢蔵山、八森山などには登らなかった。

つまりそれはこの辺の人たちと似ていた。彼ら農夫たちは、一生涯、その目の前の山を眺めているだけで登ろうとしない。月山や羽黒山に登っても、千メートルの山へは登らない。それは彼らにとって全く用がないからで、登ってみようとすること自体、意味を持たないのである。彼らにしてみても、高いところから、普段見なれているあの山の頂から、自分たちの部落を眺めてみたいと思うことはあるだろう。けれども、そうは思っても、一日の遠足をあえて試みるまでの気持には発展しない。

私は何処へ旅をしても、半日なり一日なりの暇があれば、必ず近くの山へ登ってみるのだが、この一年半のあいだ、殆んどそんな気持を起こさなかった。それは、何も田圃の手伝いが忙しかったからとか、彼ら同様に、この近くの、特にどうということもない山へ登ることを無意味に思ったからではない。戦争によって、一切の家財道具や大切にしていた本などを全部焼いてしまったことが、何と言っても私を無気力にしていたからである。これから先、何としたらいいのか、どんな生活を築いて行ったらいいのか、それをどんな風に考えても考え切れず、結局は農夫の手伝いをしている時が一番気楽で、自分の存在を彼

らと同じように認めて貰えること、それが自分の生活を安定させて行くことだった。そういう時に、私も遠足のような気分で山へ登ってみる気持になれなかった。

＊

劇評家の戸板康二君は、私の小学校からの友だちだが、春先の一番いい季節に、この荒小屋を訪ねてくれたことがある。彼も戦争で充分に疲れていたらしく、よく眠っていた。その時彼の作った「荒小屋半歌仙」が私の手許に残っている。

菜の花や腰の弁当五人前
蝶に道訊く小泉の村
よんでみる石碑の文字も長閑にて
大将といふ人の肩書
新聞の来ぬ日もありて宵の月
夜なべに豆をうるかしておく
かまきりの音立て歩く畳かな

「天狗」の爺さまよく唄ふなり
四人目の子もかへり来て餅をつく
羽織引つぱる村長の門
親類の嫁の話をききながし
襷をかりてゆひあげる髪
月のよい晩は寝まず話すなり
馬も肥えたる豊年の秋
さんま焼く煙も流れ霧流れ
金山バスの終車ゆくなり
花散るや街道の砂白々と
遠く近くに笑ふ山見ゆ

「大将といふ人の肩書」というのは、この土地から出た小磯大将のことである。この半歌仙の中の天狗の爺さままで思い出すが、みんなよくお酒を飲んだ。濁酒《どぶろく》を飲んで、いつも歌をうたっているのは天狗の爺さまばかりではなかった。それから餅食いの選手がいて、餅の食べっこなんかする。納豆をつけて食べるのだが、農家のおかみさんたちが一人では間に合わず、両方からちぎって皿にのせるのを、全部嚙まずに呑み込むのである。そうしてほんとうに喉まで食べて、あとはぼんやりと柱にもたれかかっているのだ。

私がいる時に、一度国勢調査があった。字を書くことを大変に苦労する人ばかりなので、私はすっかり引き受けて書いた。八兵衛とか天狗とか、そんな風に呼んでいるので、本名を知るのに苦労した。

その後東京へ戻ってからこの部落を訪ねる機会がないが、恐らく大して変わることもないだろう。

*

近くの山に登るようなことはしなかったが、日記にもあるように、私の小屋の近くにはかなり深い森もあったし、秋になれば梅鉢草や釣船草の咲く草原があって、近所の小径をぶらぶら歩くだけでも自然の移り変りは充分にたのしむことが出来た。

それに、最上川の支流になっている泉川の河原は、四季を通じて面白かった。雪解けの水が多い時だの、大雨のあとなどは、よく橋が流されるほどに水嵩が増して、大きな岩がごそんごそんと音を立てていたが、夏になれば岸の胡桃や樺太柳のたれ下った枝の下に、小さな魚が取りのこされている水溜りがあるくらいで、あとは一面の露草である。

流木を拾いあつめに、私は背負縄を持ってここへやって来た。この川には泉川という名前がもうついているから仕方がないが、近くの森や、森の中の泉や飛び越せるほどの小川などには、それぞれ、名前をつけて、その時には今にこの土地を去るようになったら、実際とはやや作りかえた『荒小屋絵本』という風なものでも書こうと思っていたけれど、それはまだそのままである。

東北地方へ行く機会があれば、今度は生活する者としてではなく、旅する者として、山にかこまれたこの小さな部落を訪ねてみたい。故郷のない私が、ひょっとしたら、自分のふるさとを訪ねる気持にもなれるかと思う。

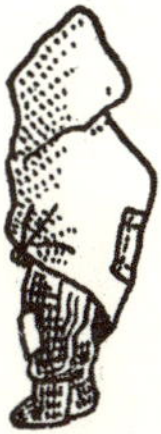

笛

私が住んでいる小屋がその中腹にある岩山を、リオはユングフラウと呼んでいた。スイスの写真でみる本物のユングフラウと、その姿がどことなく似ていないこともない。けれども彼は彼で、あの七つの岩峰がかたまって大空を突き、急な草の斜面が長い裳裾のように谷の下まで続いているその端麗な姿をユングフラウと呼んで、何か自分の感傷を、ほのぼのと満足させていたのかも知れない。

この山は何処から見ても、あまり著しい変化のない形をしているが、その真下の河原に臨んだ小さい村の、北のはずれから見上げる時が一番美しいと私は思っている。

西に傾いた太陽がまともに岩肌にあたった時、岩稜が赤や青や紫に光る。私は午後から山を下りてこの部落まで食糧をあつめに来るが、その時溜っている用事を済ませたりした帰りに、街道から逆に河原に下りて、この岩肌の、宝石のような光を見るのが今でも私の楽しみである。そしていつも、河原の石に腰をかけたまま、単調な、河の瀬のつぶやきに長いあいだ耳をくすぐられて、ずっと山を見上げている。

私はいつか、同じ河原の、だんだんに冷えて来る石に腰をかけて、いつまでも立ち上がる気になれずにいた時、十一日の月が晴れ渡った空でいよいよ光を増して来ると、その七つの岩峰が、星に姿を変えたプレイアデスの七人の娘たちの彫像のように見えて来たのである。美しいタイゲタをどの岩にして、また顔を蔽うエレクトラの姿をどこに眺めるというようなことはしなかったけれど、堅い岩の姿を、七人の娘の踊りと想像させるものが、自分のどこかに秘かに残っていることを、実は少しばかりいい気になって悦びもしながら、小屋へ戻って来たこともあるのである。

自分たちの小屋があるこの親しい岩山を、まだ若い私の子供はユングフラウと呼び、老いて行くその父は、そこにプレイアデスを想うのを、お互いに非難などする理由がどこにあるだろう。もっとも私の方の空想を、リオは大して面白がりもしまいと思ったので、何も話しはしなかった。

＊

リオは鉱物の勉強をしている。何故鉱物などに興味を持つようになったのか、一度も訊ねたこともなければ、考えてみたこともない。重いハンマーや、たがねや、地図を持って出かけ、誇らしげに何種類もの岩石を採ってみせたりし始めたのはもう大分昔のことになる。

リオは幼いころは陽気で面白い子だったが、そのころになるとあまり口をきかなくなった。少しずつ出来上って行くプレパラートを、鉱物用顕微鏡に入れて、そこに何時間もへばりついていた。彼の眉根に、いつの間にか出来ていた二筋の皺が、だんだんに深くなった。親子のあいだで、全然と言ってよいくらい冗談がなくなり、私にも彼を育てたというような気持がなくなって来る。彼の母親も、時たま彼の傍で、わざわざ、しかし遠慮の気持もよく分るように舊《ふる》い歌などを口ずさんでいたことを思えば、彼女にもそれが物悲しく感じられる時があったのだろうか。

＊

リオは大学を出てから、一週間、十日、時にはかれこれ一箇所月ぐらいの長い旅に出て自分の勉強を続けていた。そして今私の住んでいるこの小屋が建てられた場所も、その頃リオが見つけたものだった。

何もかも自分でやって行くつもりの彼から、岩山の中腹に小屋を建てるという相談を持ちかけられた時、彼が丹念に書込みや色彩をほどこした五万分の一の地図を電灯の下にひろげながら、私は、そんな小屋へ若いうちからこもってしまおうとするリオのことと、半ば身勝手なことだが、私自身のこれからの生活をも改めて考えるのだった。

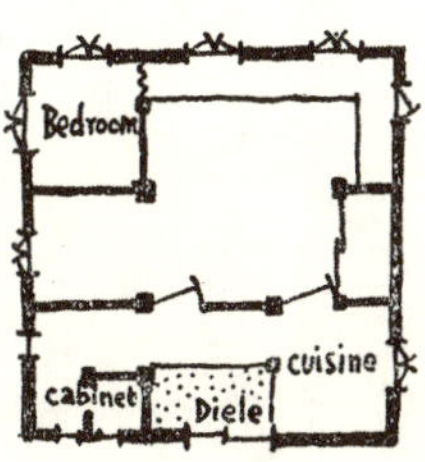

リオは私よりは三十も歳が若いが、もうきちんとその小屋の設計図から、生活の手段などを落度のないように考えているのを知って、何をすることもなく、気紛れと、その時その時の無意味な我慢のようなものでここまで生きて来た自分よりは、遙かに成人していると思った。そのことを母親も悦んでいる。そしてリオの計画を簡単に考えているのか、私などよりもずっと細かいことを知っているのか、まるで子供のようになって、地図の中にはっきりと一緒に夢を描いている容子である。
どんな夢だろう。私はそれまで、自分の妻の夢を考えたことがなかったのではないかと思った。ここからずっと谷へ向って草原が続いていると、リオがもう骨張った指

で地図の上を撫でて行くと、妻の頬はひくひくと動くように見えたが、セガンティーニの「アルプスの真昼」に描かれた光の中にその夢がくりひろげられていたのか、それとも、もう口許にまでヴァンサン・ダンディの調べが浮んで来ていたものか、そんなことも私にはうまく考えられなかった。

私は少し胸があつくなった。怺《こら》えてしまえないようなものでもなく、不快なものが入り交っているのでもなかったが、地図の上の夥しい起伏が、私にはそんな夢などを抱かせずに、そのまま目の前に迫って来た。

私にはそのあたりの峡谷を、狂ったように流れる水の音も聞こえる。幾日も続く山の吹雪の日のことも目に浮ぶ。私はそこに自分が一人棲むことは何とも思わない。けれども、そこにリオの、たった一人の姿を想像してみるのは辛かった。

＊

私がそのリオよりももう少し若い頃だったが、連峰の姿がくっきりとその影を映している静かな湖のほとりに、蚕小屋を一軒借りる計画を立ててみたことがある。私は結局、その独り住いを快く許してくれながら、いかにも寂しそうにしている父親の顔付に負けて、これはそのままになってしまったが、自分には生きることがどういうことなのか考え切れず、ただ無闇と山の中の孤独な生活を懐しみ憧れたものだった。そしてその地方の山案内人の組合に加わっていて、お客があれば、峰々を歩くことを想っていた。

その頃の夢と言えば、余程強いものだったので、それ以来、何かにつけてその夢みた生活が思い出される。私の若い頃の、山々で過した生活が組み合わさると、実際に一、二年のあいだそういう暮しをして来たようにも思うのである。

私が二、三度見に行ったその蚕小屋は、少し改築をして床を板張りにでもすることが出来れば、部屋はすっかりと洋風に、というより外国の山小屋風に整えることも出来て、ずいぶん楽しくハイカラな生活になると思っていた。壁に書棚を中吊りにして、その時分好んで読んでいた本などを厳選して並べることも考えていた。そして自分が楽しみを感じられるような登山の客があれば、山を下った日の疲労の中のよろこびを、この自分の小屋のランプの光の下で味わって貰えるとも思っていた。そして日頃自分が描きためている山の絵を、選

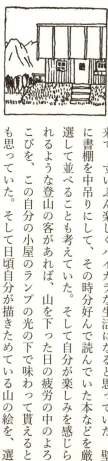

んで持って行って貰おうと思っていた。私は今これらのことを、本当に追憶のように想い出しながら、とめどなく書きつらねて行くことが出来る。

＊

私が父親の顔を伺ったように、リオは私の顔を見なかった。そしてもしもそんな時の私を彼がしげしげと眺めたら、一体私の中から何を読み取ったろうか。

自分の満たされなかった企てが、それがどんなに現実を知らない男の甘いものであったにせよ、少しも外見はそれと変らない生活が今自分の子供に許されようとしている時、それはたとえその親である私にしても、ちょっとした羨望を抱かないわけにはいかない。それに自分としても、晩年になって子供がもう自分で生きられるだけになってしまえば、もう一度昔の企てをそのまま考えてみたいとも思っていたのである。

私はもう重い荷物を背負えないから、山案内などは出来るわけもないが、時機が来たならば、長年の愚かな無理ばかりの重ねられた生活を、早く思い切り換えるのがよいのである。

そんなことをもうずっと以前から考えていた私には、リオが何だか自分の望みの世界を占領してしまったような気もした。それでもいいと、私はうすら寂しい気持の中で、奇妙な意地を張って自分を頻りと説得したが、どうかすると、この自分はどうすればいいのだと、誰か耳の聞こえない人間をつかまえて言いきかせたくもなった。

＊

リオは去年の夏のあいだ殆んど山にいて、雇った土地の大工を相手に小屋を建ててしまった。予算が大分余ったと言って、白ペンキで小屋の外部をすっかり塗った。それが塗り上った時に、私はリオに招かれて始めて小屋を訪れた。

それは山の小屋にしてはいかにも洒落すぎていて、小さな測候所か、さもなければ、少し遠方から見ると蜜蜂の巣箱のような感じがしたが、周囲の草地の緑と、すぐ近くから露出している黒っぽい岩とを一緒に眺めると、実に清らかな感じをうけて、私は昔の自分の夢よりは遥かにいいものが出来たことをリオのために悦んだ。

私もそのときにはたった二晩泊っただけだった。遠く近く、聳える山々の名をリオに教えられたが、その名はすべて、四十

年前には、毎夜の夢にもみるまでに親しんでいたものだったし、その三分の二は、この自分の足で登ったものだった。私はその遠い過去から押し寄せて来る感動を、どんなにしたらリオに語ることが出来たろう。

私は、彼にとっては、ただ書斎に古ぼけた机を置き、読むにも堪えないものを書いている父親にすぎない。しぶしぶと一本の煙草をくわえて、聴くにも堪えない講義をしに学校へ出かけて行く、ただそれだけの父親である。そんな父親から、若い日の漂泊の想い出をきかされたところで何になるだろう。またその父親である私にしても、その昔の、岩尾根であかした一夜のことや、吹雪の夜に迷い歩いたことなどを語るには、それがもう余り遠い空の向うのことになってしまったことを考える。

だがそれにしても、その二日の滞在で、私は、連峰の中腹にたなびく雲を眺めたり、垂直に立っている岩壁に営巣する岩燕の軽快な飛翔を見て、殆んどすべての舊い山の日の想い出を甦えらせることが出来た。ただそれは、これから先の暮しについても、何一つ方針を持っていない自分には、幸せとも不幸せとも判断はつけられなかったけれど。

リオは初雪が降るまで、出来たての小屋に滞在して、岩石の採集に熱中しているらしかった。そしてそれによってどんな研究が進められているのか、私には全く見当がつかなかった。

*

また一年がたった。同じように冬が過ぎ、同じようにうららかな春は訪れたが、出来ることなら、自分はもう一切の仕事から退いて、簡単な言葉で言うなら、隠遁生活に移りたくなっていた。これまでにしても、まあそれに似たようなことをしていたには違いないのだけれど、私には私なりの、そこから退きたいものが幾らかは残っていたのである。

もともと意気地のないものが、歯などを喰いしばって、何を我慢しているのか分らないように、ただ依怙地な生き方を続けているのは、他人の眼にはどう映るか知らないけれども、自分にはいやでかなわない。他人の言葉をわざわざ枉《ま》げて、自分をおだてる言葉にして受け取りながら、二重にも三重にも偽りの自分を作って生きているのはもうそろそろ怺えられない。誰にしてもそれに似たりよったりのことをしているのだと言われそうだが、私は我儘をしてみたくなった。

＊

今年の五月になって、私は、ユングフラウとリオが呼ぶ山の、この白い小屋に出かけて、結局それ以来ずっとここに住みついている。私は自分からそこに移り住みたいと思ったことなどは一度もなかったが、すすめられるままに、大した準備もなく出かけて、ただそのまんま帰る気がなくなっている。だから私が子供の所有物を占領したようには思われたくない。

この夏は私には楽しかった。リオと二人で岩を登った。最初の二、三度までは、これまで彼がひとりで登ったすなおな順路で私を連れて行ったが、そのうちに私の方が、岩からかつて受けた触感を想い出し、怖がっている容子もないのを彼が知ると、今度は登ることに、二人一緒の悦びを味わい始めた。少年時代から、殆んど話らしい話もせずにいた親子が、この年になって、しかも尖った岩頭で、求めても得られないような、笑顔を見せ合った。

頭上には澄み切った空があり、足の下に覗き込む深い谷からは、時々上昇する気流に乗った雲がのぼって来た。渦を巻きながら、一種の力を含んでのぼって来る。その中に、濃く淡く、私たち二人の影が映る。

こうして過して行く夏の日は、いかにも細やかに私を包み、感情の波はもう荒々しく騒ぐことなど忘れ、私は一切の過去からずっと離れて、ただまどろんでいるように小屋の明け暮れを迎えた。そしてただあるものと言えば、大空にひろがる様々の雲のうつろいと、星のまたたきばかりだった。

私は自分のうちに宿る平和の大きさ、その広さに涙ぐんだ程である。

*

肌寒い夜風が山の秋を知らせるころになって、リオは、なおもう暫くこの小屋に滞在していたいと思う私を残して、都へ帰ったが、十日ほどたつと、また山へ戻って来た。

リオは少女を連れて山へ登って来た。私はどうしてそれに狼狽の色など見せたろう。自分の生命の営みを、自分からリオにすっかり託してしまったような今になって、それがこういう二つの姿になって、老いて行く父親の前に現われた時、たとえそれが私の中では予期されていなかったこととは言え、驚きもうろたえも湧かない。むしろ私はただ恥じたい気持に動かされた。この長い年月のあいだ、ただ腑甲斐なくも、自分のその日その日の、取るにも足らない懊悩に引きずられるばかりで、たった一人の子供を育てるための苦しみを、遂にはしみじみと味わうことさえなかったことを恥じるのである。

私はリオとその少女について何も書く資格がない。今さら何を考え、何を苦しむ資格があるだろう。

リオはついこの間、私とその体を結び合った綱を肩にかけて、その翌日、少女を岩に連れて行った。終日秋の陽に照りつけられた少女は、なめらかな頰を真赤にして、私の準備をしておいた夕餉の食卓についた。

私は五月にここへ来る日に、妻から花の種子を幾種か受け取って、小屋の脇に小さな花壇を作っていた。山の気候にうまく花をつけたのも、もう次々と散って、いじけたサルビアや貝殻草と、極く小柄に育った葉鶏頭ぐらいが残っていたが、私は食卓をそれらの花で飾った。

みんな無口の性質がそろって、何も言うことがなく、また無理に話をさがすこともなかった。私は食後になって、二人からフリュートを貰ったが、それは大層うれしかった。リオが幼いころに、ちょっとその気を起して二、三年習ったが、その後、友だちにやってしまってから一度も吹いたことのないフリュートを、こうして何かのしるしに私に贈ってくれるのは、もうこの二人のことを母親も知っていて、二人に買って持たせたのではないのか。私はそれを貰うと早速、自分の知っていた筈の曲を、想い出すままに吹いてみようと思って歌口を口にあてたが、流石に調子が出てくれなかった。

私はそれでも調子をはずしはずし、吹いてみれば懐しく、悦びもかなしみもこもごもに交った昔の歌を吹いた。その容子を見ている少女は、初めて会ったリオの父である私が、古い歌にうかれているのか、それとも、奇妙な想いに誘われているのか、こっちをじっと見て、時々可憐な顔を作った。私はまだ次々と想い出す曲を吹きながら、その少女と同じ可憐な顔を、ずっと昔にしげしげと眺めたこともあったように思われて来た。一体この少女は誰なのだろうか。

＊

二人は山を下りて行った。秋草が波を打つ風の強い日だった。時々草の中に二人はかくれ、また細い径を並んで下りて行くのが見えた。そうしてしまいには一つの姿にしか見えなくなった。

その後二、三日たってから、下の部落まで下りて行った時、リオの母からの長い手紙が届いていた。私もその晩はその部落にある一軒の宿に泊って返事を書いた。帰ってもいいが、この小屋で冬を越したい気持を書いた。

*

翌日私は小屋へ戻るのが何かしら心もとなくて、農家へ寄り、子山羊を一頭譲って貰った。山羊はおとなしく、あら縄で首をしばられたまま、私のあとをついて山を登った。時々舞鶴草の赤い実などを見つけて頸をのばしたり、何ということもなく悲しげに啼くのである。

裏手の物置の一部を片づけて、藁をいっぱい敷いて子山羊の寝床を作ってやった。板を一枚隔てて私の寝床があるが、夜中になって夢でも見るのか、その板をこつこつと叩く。

私はパンを焼き、それを上衣のかくしに入れ、岩壁の下の急な草付きのあたりまで出かけては、二人から貰った笛を吹く。ちょうどそこは、秋の冷たい風を避けた日だまりになっていて、展望もよいのである。山羊はそこらここらの草を食べ、少しずつ上達して行く私の笛の音をききながら、私の膝に頭をのせて眠る。

小屋には、秋の空を高く渡って行く鳥を追う双眼鏡がある。みんなリオが置いて行ったものだが、絵が描きたくなれば絵具箱もある。それから小さいものだが天体望遠鏡もある。真夜中に眼がさめてしまった時には、上衣の襟を立てて、星を覗く。冬になれば吹雪の夜が多く、この小屋も埋まってしまうだろうから、時々、夜半から夜明けにかけて、冬空の星団や二重星を見ている。

*

私はこの山羊を自分の傍に置いて、ずいぶん慰められていたが、その啼き声がだんだんと憐れにひびいて、それにこの小屋にずっと冬中飼っておけば、恐らく寒さのために殺してしまうことにもなりそうで、急に思い立って、親たちのいる農家へかえしに行った。華奢な脚をしているが、もうすっかり岩道にもなれて、どんどんと私の前を歩いて行く。そして街道へ出て暫く行くと、急に自分の故郷を想い出したのか、その農家の方へ、跳ねるようにして走って行ってしまった。

私はいつものように、一つ二つ買物をしながら郵便局へ寄った。この前からもう何日もたっているのに、手紙は一通も来ていなかった。

軽い荷物を背中につけて、これもいつもの通り河原へ出た。朝から少しずつひろがっていた雲が、今度はかなりの厚みで下って来て、ユングフラウの岩を半分までかくしている。私は今急ぎ足で登り出しても、雨の間近い日暮にかかるだろう。岩は見ているうちに雲にかくれて行く。まずくすると途中から雨になるかも知れない。

もう小屋に待っているものは誰もいない。山羊もいない。冷たい秋の雨に濡れても、急ぐ理由は何にもない。濡れた着物を焚火に乾かしながら、また笛を鳴らすだけである。

山の歌

死んだ友だちの古い山日記を遺族の方から借りて読んでいると、私のことがずいぶん書いてある。彼は建築家の勉強をしていて、そう思うようには山へ行けないので、よく出かける私のことを羨んでいるようなことが書いてあるかと思うと、友だち甲斐のない奴だと言わんばかりに、怒っていることもある。それでもよく新宿や上野へ夜おそく送りに来てくれたものである。乾酪《チーズ》や煙草を持って、窓側にぽつんと独りで坐っている私を、きょろきょろ探していた彼の姿を思い出す。そうして、その頃は考えてもみなかったのだが汽車の出て行った後の、深夜の町を家へ戻る彼の姿が妙にはっきり想い浮かんだ。

その山日記の中に、私が白馬の頂上近くの岩の上で、グリンデルワルデル・リードを気ちがいのようになって歌っていたと書いてある。そんなことがあったような気もするが、気ちがいのようになって歌っていたのだろうか。もしもそんなことがあったのだったら、もう夕暮が深くなって、私自身の姿は誰にも見えなかった頃だろう。

グリンデルワルデル・リードは、山の先輩たちがある山小屋で合唱していてから、何とか早く覚えたいと思っていたが、節はすぐ覚えられても、歌詞がなかなか分らなかった。その譜をどこかで見つけた友だちが謄写版で何枚か刷って私にもくれた。けれどもそれは、独逸語《ドイツ》をやっている人に、正確に読んでもらっても、分らないところがところどころあった。独逸語でも仏蘭西語《フランス》風に発音するらしいところがあった。その後、瑞西《スイス》のレコードで聴く機会があり、大体間違いなく歌えるようになった。白馬の頂上近くで歌ったことがあるとすれば、たぶんその時分だったろう。

私が山へ行かなくなってから、グリンデルワルデル・リードを歌うことも聴くこともなくなり、しまいには、あんなに苦労して覚えた歌詞を忘れるようにもなった。

それを、久し振りに聴いたのは、秩父宮のなくなった時の放送である。その合唱は、誰が歌ったのか、あまりうまくはなかった。山の歌は、スタジオで、放送のためにかたくなって歌うものではない。山小屋の、焚火の煙や、山上の霧や夕映えなどの無言の伴奏が必要なのである。そしてもっと大切なことは、その歌が、風に飛ばされて行くことである。

Grindelwalderlied
(Gotter Strasser in Grindelwald)

Fröhlich bewegt — J. Rud. Krenger Op. 18, N°4

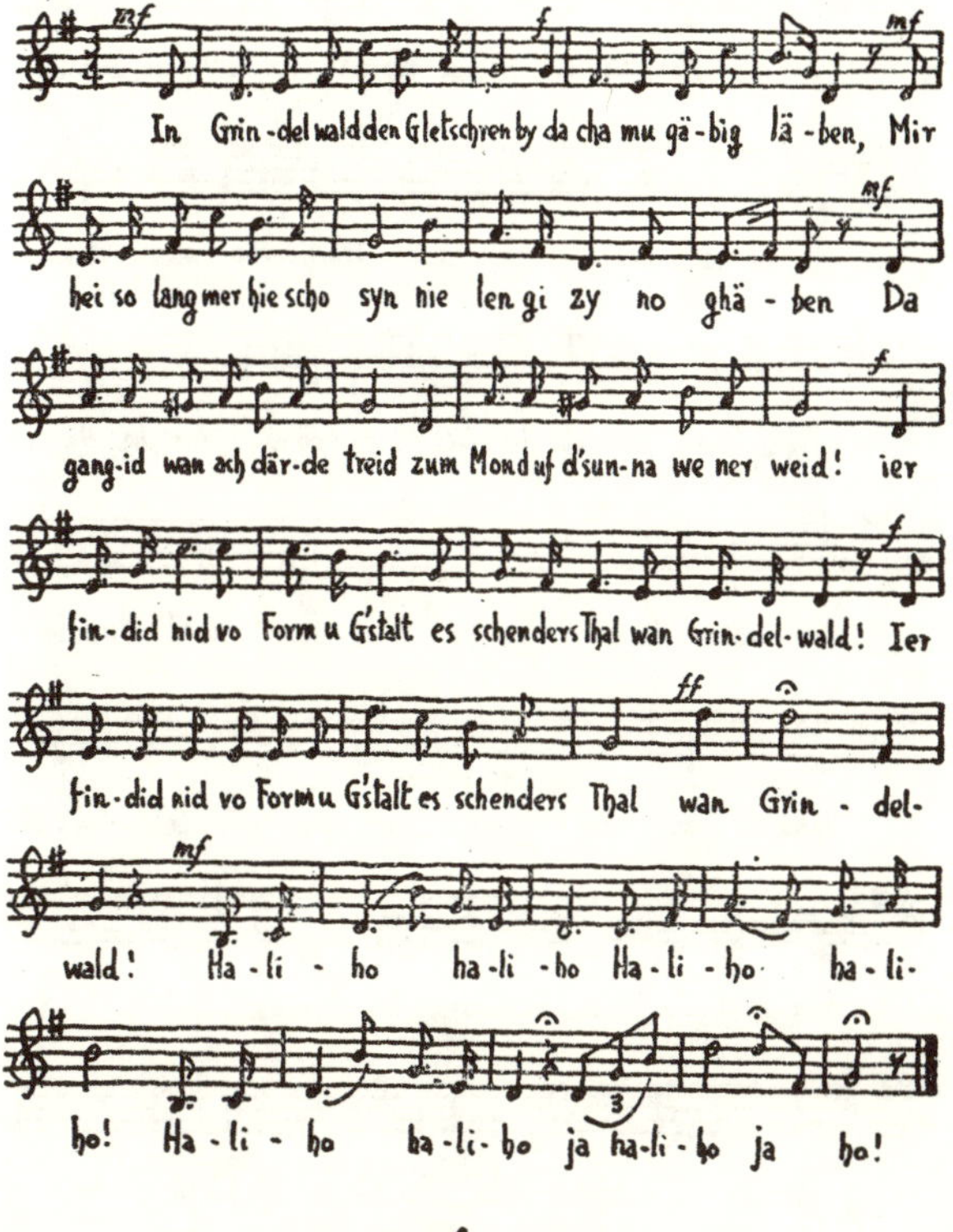

Auf der Alm (Tyroler Volkslied)

Ziemlich langsam

J. N. von Poissal

Auf der Alm, da giebt's koa Sünd

Mässig langsam

Tyroler Volkslied

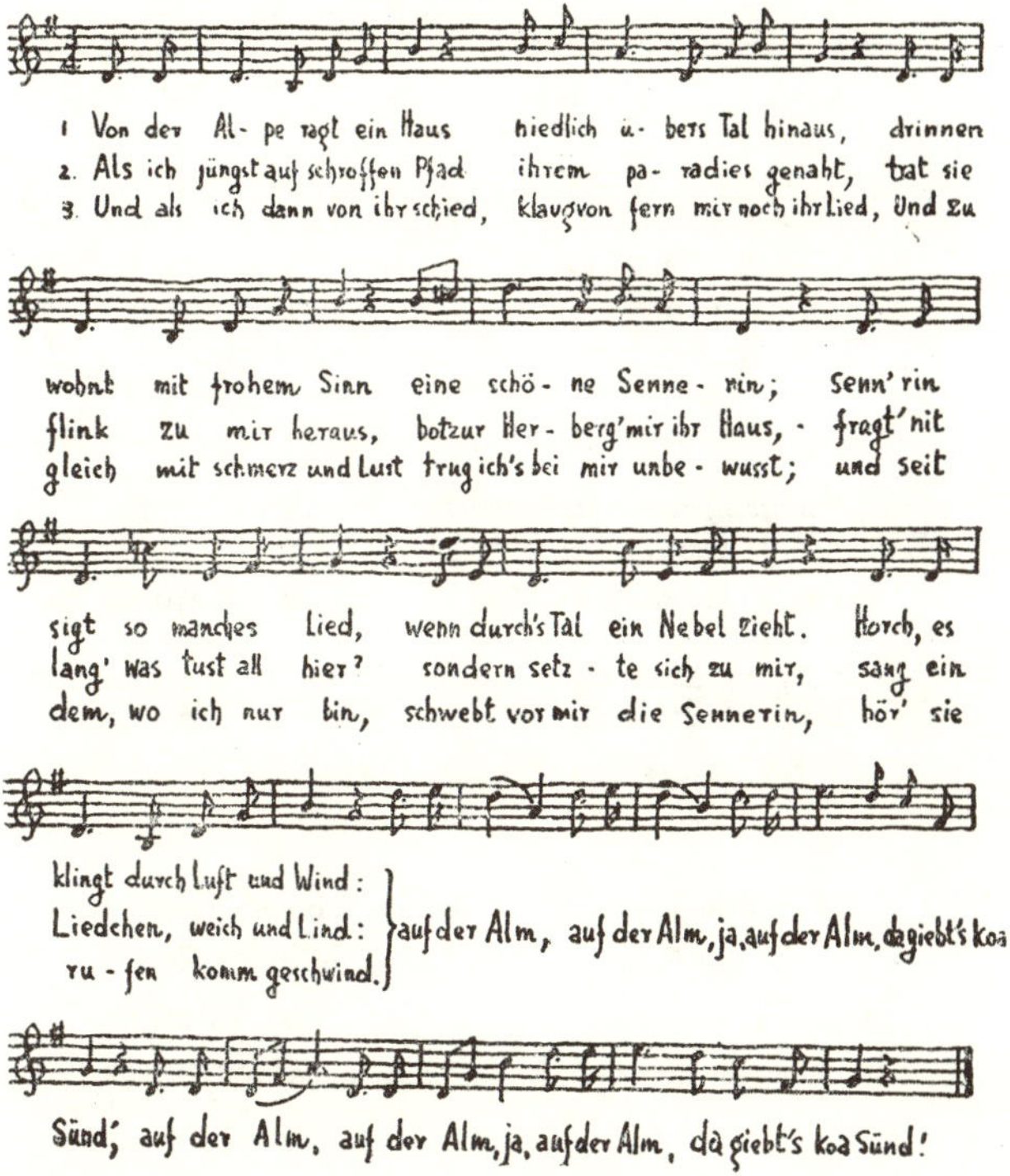

1 Von der Al- pe ragt ein Haus niedlich ü- bers Tal hinaus, drinnen
2. Als ich jüngst auf schroffen Pfad ihrem pa- radies genaht, tat sie
3. Und als ich dann von ihr schied, klang von fern mir noch ihr Lied, Und zu
wohnt mit frohem Sinn eine schö- ne Senne- rin; Senn'rin
flink zu mir heraus, bot zur Her- berg' mir ihr Haus, - fragt' nit
gleich mit schmerz und Lust trug ich's bei mir unbe- wusst; und seit
sigt so manches Lied, wenn durch's Tal ein Nebel zieht. Horch, es
lang' was tust all hier? sondern setz - te sich zu mir, sang ein
dem, wo ich nur bin, schwebt vor mir die Sennerin, hör' sie
klingt durch Luft und Wind:
Liedchen, weich und Lind:
ru - fen komm geschwind.
auf der Alm, auf der Alm, ja, auf der Alm, da giebt's koa
Sünd; auf der Alm, auf der Alm, ja, auf der Alm, da giebt's koa Sünd!

O belle verdure

1. O bel-le ver- du-re, Char-man-te pa-
ru-re De cet-te na- tu-re Qui ra-vit mon
cœur! Ter-re ché-ri-e toi, mon a-mour O ma pa-
tri-e, à toi mes jours; Dans tes cam- pa-gnes j'aime à cou-
rir, Sur tes mon- ta-gnes, je veux mou-rir.

2. O belle lumière,
Si douce et si claire,
La, sur la bruyère,
Au haut du coteau! R.

3. Où trouver la vie,
Bien belle et fleurie,
Que dans sa patrie
On aime toujour? R.

Ⅳ

舊い山脈

ここをもう少し北へ向って歩いて行けば、湖の畔へ出て、そこらで恐らく山がすっかり湖水にうつっていて、あっと思うような風景を見出せるだろうが、私はここでもう充分だと思い、土手の下の、やわらかな草の上に腰を下ろす。微風に、縮緬《ちりめん》のような小波を作っている目の前の苗代から、遥か連峰の麓まで続く緑の草は、まだ夏には遠い色である。じっと眺めていれば、日暮までの三、四時間を、いたずらに追憶のために費してしまうことに気付き、パレットを取り出した。

しかし、それにしても、今眼前にひろがる残雪の山々は、私にとって何という舊《ふる》い山脈だろう。何処一つその形を変えず、黒々とした岩壁はそのまま黒く、深く喰い込んだ谷はそのまま深く、今この午後の、烈しい光を受けて光る雪は、もう二十年昔の雪ではないにしても、少しも変らぬ形で、あの尾根や山襞《ひだ》積に残っている。

あの釣尾根の、雪が大きく三角形に残っているあそこで、吹き上げて来る冷たい風を岩かげに避けて夜営をした。夜半、寒さに耐えかね、偃松を集めて、白鳥のデネブが天頂に光り、昴《すばる》が東の峰から見え出すころまで火を焚いた真夏の夜更け、私は、訳もなく山の気に沈み込んでしまった友だちを、風にばたばたと音たてる天幕の中に誘い込んだ。真面目で、怒りっぽく、笑う時には大きな糸切歯を見せたその友だちは、かつて戦いに、南海の孤島に死んでもういない。

それから、右手に、青紫に見える広い尾根を、私たち三人は早春の吹雪の日に、自信に満ちて登って行った。登るに従って雪は青味を帯びた氷に変り、スイス製の金《かな》樏《かんじき》の歯が氷の表面で、浅い筋をつけながら、きいきい鳴った。そして最後には大きな雪庇を割って水晶のような氷のついた岩峰の頂上に立った。その時の友だちも、二人とも死んだ。一人は、好きな山の三枚の写真を私に持たせ、それを眺めながら死んだ。一人は敵弾に大腿部を貫かれ、引きとめる兵卒を振り払って壕を這い出し、拳銃を顳顬《こめかみ》にあてた。

＊

私は絵具をまぜては、四号の板の上にのせてみるが、舊い山は私に何かをいかめしく要求するように思われて絵は進まない。雲が山の彼方から上空へのぼりながら消える。また別のものは赤褐色の層雲となって反対側からせり出して来るが、それも消える。私は暫く絵に熱中しかけるが、過去の厳然とした映像が、この毅然とした山々が、現実にこうしてその一部分を支えながら私をたしなめ、私を非難し、思わず体を後へ倒してしまいそうな衝動を受ける。

黙っている限り、私は何も偽りはしないだろう。また口を開いても、自分を偽り切ることは出来ないだろう。けれどもそのまさかと思う自己欺瞞に、私はいつか慣れていた時があった。あるいは今もそうかも知れない。私はそれを恐れる。その恐れだけを持ち続けることを秘かに誇りとする。けれどもそれを誇っているうちに、その恐怖はいつか、その欺瞞の発見におびえる恐怖に変っていることはないだろうか。かつてあった自分は、何故そのままの私ではいられなかったのだろう。追憶というものは、程度の差こそあれ、いずれも同じように過去から厳しく攻められるものである。過去の忘却と直視と、そのいずれを採るにせよ、人間にはその一つだけを自分の態度として振りかえることは出来ないのである。過去がただ追憶の中だけの幻想であるなら、そこから容易に感慨も生れるだろう。またそこから未来への進路を指し示してくれるような、やさしい手招きさえも見ることが出来るだろう。けれども、この山の姿は幻影ではなく、全身の感覚を一つも疑わせることのない今の世界である。しかも私はその今ある峰々から、厳しい呼びかけを受けている。かつてあったような甘美な山の招きではなく、私を広く大きく包む誘いでもない。寄りつけばはね返されるかも知れない誘いである。

私はここで、一度は何としても深い迷いを通らなければならない。それは何の不都合もない当然のことである。どうしてそれを避けることなど考えるだろう。そしてまた、深い迷いというものは、心をすなおにすればするほどいよいよ深く、心を澄ませれば澄ませるほど、その苦しみははっきりと際立って来る。

あの山の何処かへ、私が余生を托することを考え出せば、次々と幻想は、今度は未来へとひろがり、あるいは細かにその道を描いて行くことが出来る。私はその時何を携えて行くだろう。何も要らないと思っている私が、結局は何を持って行かなければならないだろう。私には恨みはない。憎しみもない。しかし、それは、もしかつてあって失われたものなら、あるいはその時になって再びそれが私の手や足もとに、じゃれつく小犬や小猫のようにからまりついて来るかも分らない。それは何とも分らない。

絵が大分描けて来た。先刻まで、微風が手前の苗代の水面に小波を立たせていたが、風がやむと、その水面に段々はっきりと山と雲が映り出した。私はそれをもう一息描かなければならない。

芸術は、それが芸術の名に値しないほど貧しいものであっても、そこにはその迷いさえそそぎ込んでしまうことが出来る。ただ私はその変貌をねがうことを止めよう。それは殊更に願わなくとも、私よりも何よりも、創り出されるものの方が正直だということを改めて知ったからである。

私の不安はそのままの不安ではいない。それなら憧憬もやはり同じことだ。芸術は多くの人たちの、その人にとっても不必要な数々の悩みや悶えを救った。だが私のこの一枚の山の絵は、それだけでは私を救ってくれなかった。別段にそれを期待していたつもりもなかったが、私はパレットナイフで残った絵具を始末し、函の蓋をしめると、異常な空しさを覚えるのだった。

もう一度名残りを惜しむ舊い山脈が、私を隠棲への憧れでかき乱す。

高原の小鳥

私は、昨夜は山の湖のほとりに泊った。遠い山の上に、山の色よりはもっと明るく強く彩られた壁のような積雲が立派だった。湖には人影がなく、風がなく、その積雲の色が殆んどそのまましんと水に映っていた。さまざまの小鳥の声はその静寂にふさわしく、黒鶫《くろつぐみ》に杜鵑《ほととぎす》、それに何だかあまり上手に囀《さえず》れない慈悲心鳥《じゅういち》が、湖の上を高く波状に飛んで行った。姿を見ればもう子供でもなさそうなのに、生れつき声の不器用な鳥なのだろう。そういう湖畔に腰を下ろして日が暮れた。

私は今、その昨夜の湖を発って、もうあらまし夏の姿を整えた山を前に、高原の草の中に坐っている。焦げて来るような烈しい陽射しを、まばらな落葉松の木陰に避けている。落葉松の若葉を吹き抜けて来る微風の、何というやわらかさだろう。その薄緑の葉先で、日光は黄金の粉に変り、きらきらと降り注ぐうちに、それはまた、かすかな香りに変る。眼を閉じるとやっと分るほどの匂いである。しかし、この山の姿を見ずにそのまま眼をとじていることはどうしても出来ない。そして連なる岩峰の、これはまた何という永年の色だろう。それは朝夕にどれほど色調を変えて行くにしても いつも古く遠い色をしている。それにまた、この広い草原に咲く野桜草の鮮かな淡紅色。これも古く遠い色である。

私は木陰から立ちあがって、桜草と、高原に生えるものらしく姿の小さい錨草の交った花の敷物の上をそっと歩いて行く。

すると突然、一羽の野鶲《のびたき》が、私の前へ真向うから飛んで来て、少し狼狽した顔付きで啼き出す。二、三尺の、まだ芽を出したばかりの灌木の細い枝に、斜めにとまって啼いている。私は暫く立ちどまって、その妙に真剣な顔を見ていたが、鳥も心の隙を見せず、時々舌打ちのような地鳴の声をまぜて私から視線をはずさない。野鶲は人を恐れない鳥だが、私は、近くの草むらに、きっと営巣しているのだろうと思った。よく見ると五、六間先の、やや丈の高い、と言っても四尺ほどの灌木に、雌鳥がとまってこっちの容子をうかがっている。静かな千数百メートルの高原に巣を造り、澄み渡った大気にしばらく愛の歌をふるわせていた彼らは、今初めて人間の姿を見出したのかも知れない。本能的な、自然から授けられたままのその警戒の姿勢をとって、自分たちの大切な一家を守ろうとしている。べにかわの漆黒の実に似た彼らの眼に、私の立ちどまっている姿は何とうつっただろう。

私は子供っぽい一つの試みを思いつく。それは私が、小鳥たちの友であることを何とかして通じさせることだ。愚かなこととは思いながら、私が秘かにしか抱くことの出来ない愛情をいっぱいにこめて、にっこりと笑ってみる。そして何とはなしに、もう彼らをじっと見ることをやめて高い山の頂を見る。岩の谷に喰い込んでいる残雪が真白で美しかった。

野鶲は啼きやむ。私は再び彼らの方に笑顔を見せながら、自分のなし得るもっとも優しい足取りで一歩、また一歩と寄る。それは、私がまだ幼い日に、夢の中で何処からか連れて来られた少女が、私の妹として眠っている部屋にそっと近寄って行った足取りだった。

しかし小鳥はそんな私の心を理解することは出来ず、一度飛びのいて、また次の灌木へとまって不安な囀りを始める。彼の妻もそれに答えるように啼《な》き出す。私が一歩を進めれば、右へ左へと飛びのきながら、彼はいよいよ真剣になる。私はもうそれ以上、彼らに不安を与えることは出来ない。そして、自分が決して彼らの巣をねらうものでないことが通じかねたとしても、それを口惜しく思うのはよそう。

私はもう一度、落葉松の蔭へ引き返して行ったが、それを見て、野鶲の囀りは確かにその音色が明るく変った。彼ら夫婦は、今は同じ一本の細い枝先にとまって、揺れながら、歓喜の歌を続けているのだろう。

私はあと二時間、この木の下にいるだろう。もう何もせずに、膝をかかえて、ただあの白雲の行方を追っていることにしよう。

降誕祭

この降誕祭を祝うべき信仰を持たない私ではあるが、今夜は、三通の手紙を書いた。ただその習わしに従ってというより、それら三通の手紙を書くのに今夜は最もふさわしいと思ったから。またたとえ私はこの夜、教会の儀式には勿論のこと、他のさまざまの賑かな会合にも加わる資格がなくとも、私自身のためのこの日この夜を記念して、ささやかな自分だけの催しを考えるだろうから。そしてその心持を伝える友がまだ三人も残っている。

それは街の商店の飾窓に並ぶもののような、きらびやかなものではなく、七面鳥の肉の一片や、フランス産の葡萄酒でもない。もしそういうものが舞い込んで来たら、それは無論歓迎するだろうけれど、私は狭い机の上を少し片付けて祈らざる祭壇をしつらえ、そこにノートの新しい頁を開いてペンを持ち、あるいは古いノートやこれまで自分の書いた本などを並べて、私一人の、二、三時間の記念祭を試みることだろう。

私のクリスマスは毎年そんな風だったとは言えない。ある年には親しい仲間に誘われて賑かな街を歩いたし、またある年には、到来物のお菓子を食べながら、集った幼い者と一緒に遊戯をしたことがある。誰もが知っているクリスマスの歌のほかに、ヨーロッパの国々の昔の人たちが歌った民謡などに即興風に訳詞をつけ、そろそろねむい眼をこすり出す一番幼いものにはトライアングルを叩かせて、うまくは出来なくとも合唱をしたこともあった。

それらの想い出はどれがどういうこともなく、私にとっては何れも貴重なものであり、何れも鮮かに記憶されている。しかしそれらの中で、特別大きな経験として残っていることは、それは私がまだ二十歳《はたち》になる前だったと思うが、毎年冬の休みが始まると同時に、まるで飛び出すようにして雪の山へ出かけて行ったころのことである。

それは決してひとにすすめられることではなく、その時分どんなことを考えていたかはあまりたぐり寄せるのもいやなのだが、何はおいても独りになりたかったので、あまり人の行かない牧場の小屋などに出かけた。そしてそこで十日から二週間を、天気のよい日には山へ登り、吹雪のひどい日には携えて行った本をぽつぽつ読んだり、その日の感想をノートに記したりして、正月も門松がとれる時分に、真黒く雪焼けして帰って来た。

*

ある冬、二、三日前にその山小屋へ来てからずっと天気が悪く、毎日山がごうごう怒り続けていたが、十二月二十四日の晩、そこの小屋番の老人と二人で粗末な晩飯を食べ、ランプの芯を細くして寝床に入る前に、ちょっと外へ出てみると、山の方から乱れて飛ばされて来る沢山の雪の塊の間から、ところどころに三つ四つ星がのぞいていた。この分では明日は久し振りに上天気になるかも知れないと思って、しばらく深い雪の中に佇んでいるうちに、もうどうにも我慢が出来なくなって、熱い紅茶を作って魔法壜に詰め、簡単な夜食を持ち、すっかりと防寒の用意をして小屋を出た。

暫くのうちは、雪と風とが山毛欅《ぶな》と樅の森の中をかき廻していたが、もう夜半近く、その樹林帯を抜けて真白に続く尾根に出た時には、空はすっかり晴れ渡って風も余程しずまり、牡牛座のアルデバランから、東の深い谷間に昇った獅子座のレグルスまで、八つの一等星が天上の清らかな光を見せていた。

私はその頃にも、信仰の道をむしろ故意に避けながら歩んでいたが、こんなに素晴らしい降誕祭の夜を独りで経験することの出来たその幸運に包まれ、スキーを穿いたまま、氷が針のようにくっついている岩かげに風をよけて、熱い紅茶をすすり、かたいパンをかじった。足もとに続く碧白い夜の雪の斜面。点々と雪をかぶった木々の梢が、この夜のために創られた聖者の彫像のようにも見える。その間をぬって、私が辿って来た電光形の足跡もほんのりと見えていた。

*

私は今、自分の仕事机の前に坐って、この舊《ふる》い夜のことを想っていた。そうしてその時、星の煌めく黒々と深い夜空の中にぼんやりと雪煙を立てて聳えていた山頂を仰いだように、私は今もっと嶮しい自分の未来を仰がなければならない。そして私にとってこの降誕祭の夜は、誤りと後悔と、自分も気付かぬほどの数々の罪にみたされた過去から、再び力を得て、どこにその果てのあるとも知れない未来へ向って、躊躇することのない一歩一歩を踏み出すためにある。

孤独な洗礼。こんな言葉を使うことが許されるなら、私は自分で自分を清め、もっと深い信頼と、もっと寛大な愛と、もっと明晰な理智とを以って、来るべきものを平然と迎えて行きたい。苦行者を気取るのではない。信仰を持たないために、ひがみを抱くのでもない。今はいない偉大な人々の過去の努力が、はっきりと現在の私たちの道しるべとなっている以上、私の誤り多き生涯ではあろうが、厳しい愛の努力によって未来の人々に役立ち得る僅かなものでも残したい。

樹蔭の花

朝の霧がなかなか動こうとしない谷を、姿を見せない慈悲心鳥《じゅういち》が頻《しき》りに啼き、頭の大きい赤百舌《あかもず》が低い枝先で囀り続け、もう吾妻菊が盛りをすぎていた信州杖突峠。

朝は霧が流れ
霧の中を鳥が啼いて行ったその峠
まあ腰を下ろして
ゆっくり一日をと思ったその峠
紋黄蝶が低く飛んで行ったその峠
谷へ向ってどおっと草原が落ち
また方々で重なり合っていたその峠
翁草が翁になり
吾妻菊がもう終りに近かったその峠

赤い道がうねって下り
その下に小さな部落があり
農夫が子供を連れて
汗をふきふき開墾していたその峠
その二人を呼んで飴と煙草をすすめ
双眼鏡をのぞかせると
吃驚している子供からうけ取って
これじゃあ怠けていられねえぞ
と顔にいっぱい皺をよせたその農夫……

その峠を高遠へ下り、木曽駒の山麓を、捕虫網と絵具箱を肩にした旅に出た。降り続く雨ではなかったが、権兵衛峠から木曽へ抜ける予定を断念しなければならなかったし、急に射し始めた五月の強い太陽の下で、やっとスケッチ・ブックを開くと、一枚の淡彩画も描き終えぬうちに、巨大な積雲がのしかかるようにやって来て大粒の雨を降らせた。その雨脚の落ちた雲の彼方に、硝子のように光った遠い山々の映像も、私には今なおはっきりと残っているが、雨宿りに這い込んだ薪小屋の湿気の匂いも未だに強く想い出される。雨垂れが藁屋根の庇から落ちて、かかえ込むようにして縮めた私の足に沢山のはねを上げた。

＊

そんな旅の終りを、諏訪湖から霧ヶ峰へ登ってすごした。誰もいない。ただ萌葱色の大草原ののびのびとした起伏の向うに八ヶ岳の連峰と蓼科があった。久し振りに見るこの大いなる眺望に、ただ取り乱されそうな心を落ちつかせようとする私の助力として、北西から流れて来る雲の魂は、大きく拡がりながらこの展望をぼかそうとしたが、その雲塊は頭上をすぎれば幾つにも千切れて消え、なおそれよりも高い空を飛ぶ雲は、この高原に大小の影を落して、却ってその風景に動的な、私を一層強く揺ろうとする要素を加えるのだった。

今朝の太陽に羽化した春型の黄鳳蝶《あげは》の鮮かな翅色に驚いたのも、きらきらっと緑に光って飛び立つ深山斑猫《みやまはんみょう》の沢山いた径を歩いたのもその日のことだった。

だが旅の終りは私の気持をだんだんと沈ませて、知らず識らずのうちに、径にころがる火山岩のかけらに足をとられてよろめき、吹き渡る風は、その真青な空の下に立っている私の心をせきたてるようだった。それは少年の日の旅の最後がいつも必ずこうした心の曇りに苦しまされたのと少しも変らなかった。私はこの旅の、私自身の記念としては、三角紙に挿んである、大裏銀筋豹紋《おおうらぎんすじひょうもん》一匹しかないように思われて来た。もう今更、足もとから飛んではすぐ近くの路傍にとまる斑猫を一匹捕える気持もなく、草原を下って樹林帯へ戻って来た。

筒鳥の声が聞こえる。

その時私は樹蔭に一輪の延齢草を見つけた。幾分紫を帯びた白い花が、大きな三枚の葉の中心に咲いていた。深山延齢草である。その花は、何かを語りかけているようで、私は極めて自然に、頬にやわらかな欣《よろこ》びの慄《ふる》えさえ感じながら立ちどまった。この花は決して美しいというのではない。また端麗なものというならば、他に幾らでも探し出すことが出来るだろう。けれども花との巡り合いというものは、突然であるがために驚きと悦びとの、あの甘美な、私の内なる感情がすべて融け合って流れ出るような交感を創り出すのである。

私はそこに荷物を下ろし、自分もその近くまで草むらを分け入り、苔の蔽った石に腰をかけた。延齢草は私に何を語りかけようとしているのか。

私はもう一度立ち上って、近くに微かな音を立てている流れに行って水を飲んだ。手で掬《すく》って飲むよりも、腹這いになって流れに口をつけて飲んだ。水はそれほどきれいだったし、私はそんなことをするほど和やかな気持になっていた。あの角張った、冷たすぎる悲しさは、どこへ消えて行ったのだろう。

それから、私はこの、かすかに清純を誇る一輪の花と並んで、憩いの時間をすごすことが出来た。落葉松の細かな枝の向うに、一日の終りを彩る入日雲《いりひぐも》が紅に染ったまま動かなかった。まだ筒鳥も啼き続けている。私はそこで草に埋れて眠ろうと思った。きっと夢を見ることが出来るだろう。薄く紫を帯びた花と、最もその花にふさわしい一つ二つの言葉を交わすために。そしてたとえ夢をみることが出来なくとも、目ざめた時に、傍のこの花をもう一度、別の新しい驚きをもって見るためにも。

孤独な蝶

舊《ふる》い山々が頻りと想い出される。この頃またぼろぼろのズボンをはいて、少し高い山へ登り始めた。昔のようにはてきぱきと歩けなくとも、時間をかければまだまだ登れる。この谷川岳も、私にとっては、かれこれ二十年振りの山である。勤め先の大学の、山岳部の若い人たちに誘い出されて、五月の下旬天気が悪いのを承知で出かけた。天気などを気づかっていたら何だか損をするという気持も、私には昔経験があったことだし、とめる術もなく、それでも戦死した従兄のピッケルだけは用心のために持って行った。

午後になって雨の歇《や》んだその日、濁流が所によっては頭をしびれさせる程音を立てる湯檜曽川を溯ってマチガ沢に入った。ここも私にとっては遠い日の懐しい谷だが、いまはまだ雪が多く、時間も、何処まで行くという程あるわけではなかったのでスキーでもして遊んでいようと想った。だが私は、昔味わった岩肌からの触覚を想い出し、そこにいた数人の若い友だちを誘って、一ノ倉沢との境のシンセン尾根へ向って、狭い急な雪渓を登り出した。風もあり、充分に気をつけていたのに、同行の一人がアクシデントを起こし、その夜、灯をつけて土合の山の家へ戻ったのはかなり遅かった。私は、
山岳部の連中は、翌日の晴れ渡った朝早く西黒尾根から谷川岳の頂上へ向った。私は、その日何だか独りでいたくなって、元気のいい人たちを見送ったのだが、それが最初からの自分の秘かな計画ででもあったように、昨日濡らした靴を穿き、湯檜曽川を上流へと歩き出した。

*

そのすべての山容や、河原の石や、岩の影が起こさせるこの息詰まる想いを、ただ極めて大きな強い懐しさと言ってよいのだろうか。どんなに記憶を静かに呼び起こしても、ここへ来なければ想い起こすことの出来なかった細かい、過去の、実に平凡な経験が、殆んど一歩一歩よみがえってくる。同じ初夏に、また秋深い霧の日に、吹雪の夜に二、三人の親しい仲間と、あるいはたった一人でこの径を、この山々を眺めながら通った。三日も四日も雨の歇《や》むのを辛抱強く待ちながら天幕を張っていたのはこの谷の出合だ。濡れて燃えてくれない薪に、残り少なくなったマッチの火を移すのに

どんなにはらはらしたことだろう。

一ノ倉沢、幽ノ沢をすぎて芝倉沢に来た。右手に仰ぐカタズミ岩は、巡る四季の変化とは全く別に、何一つその容相をかえず、深い空に聳えている。私は段々とこれらの昔のままの姿からうける強い感動に慣れても来たようだ。藪をくぐり、芝倉沢の河原へ出て最初の滝を越すと、国境尾根から延々と続く雪の上へ出た。若さを確かに失った自分の身をかえりみない訳ではないが、一歩一歩、ともかく登る決意は出来た。だがここで暫く雪の上の大きな落石に腰を下ろしても行くことにしよう。

＊

武能岳からまっすぐにここへ向って落ちて溜った夥しい量の雪は、谷の底に幾つも小山を作り、その亀裂をのぞけば、十メートルも底の方の、青く暗いところで水がねじれるように落ちている。しかしここは何という静かな深い谷だろう。鳥が一羽飛んで行く。そのあとからもう一羽、岩についた藪の中に巣を造っていて、餌をさがしているのだろう。

一切のものが、自分の身に、特殊な力を示しながら圧迫を加えているように思われたり、これ程の大きな開放はないと思えたりする。自然に対する複雑な気持をそのまま、どれがどうということもなしにいつしか抱けば、それは、昔の私も抱いていたに違いない気持であることが徐々に分って来て、その間の私の二十年が、ただ人間成長の、あまり意味を持たない横に外れた道であったような気もして来る。それともその二十年の間に、何か新しいと言えるような、彷徨の所産が残されているだろうか。私は自分の生活を幾分かの我慢を交えてふりかえる。また自分の仕事を、かなりの恥かしさを交えて辿ってみる。しかし、悲しいことにこの自問に対しても私は首を振らねばならなかった。

その時私の眼は正面の岩壁に一匹の蝶の飛翔を追っていた、蝶は、すぐ、黄縁蛺蝶《きべりたては》と分ったが、幾らかは左右に揺れながらも、殆んど垂直に、上昇する気流をうまく利用しているようにいい加減高くまで舞い上ると、今度は蝶とは思えないほどの速さで雪の上に落ちてくる。私と蝶とのあいだには深い雪の亀裂が二筋も出来ていて近よることは出来ないが、恐らく鹿か氈鹿《かもしか》の糞の上にとまっているらしい。私はさっきから片手に一本の巻煙草を持っているが、蝶の姿を見失わないために火をつけることが出来ない。

やがて再び飛び立ったこの一匹の黄縁蛺蝶は、私というこの岩に腰を下ろしてじっとしている同じ一匹の生物のいることを知っていたのか、立ちあがって手をのばせばその翅《はね》に触れることも出来るぐらいの高さで、寂とした雪の谷を横切って行った。見張った私の目に映ったその翅のへりの黄色は色褪せて白に近く、そればかりでなく、もうこれ以上はと思うほどに傷ついて裂けていた。長い荒れ狂う冬のあいだ、凍る木の洞にどんな姿で怺えていたのだろう。ぬくもりを分け合う仲間の蝶とも離れ、冬の孤独な六ヶ月をじっとすごして来たこの蝶に、それに比べて全く意気地のない生命をながらえている私は、挨拶の言葉は無論のこと、呼びかける一つの叫びさえ出すことが出来なかった。ただ遠のくその姿を見送りながら、生物の中の勇者、こんなにも美しい翅を持ちながら、何に媚びることもない健気な勇者への讃辞を捧げたいと思った。

山麓の村

尾崎喜八さんの「御所平」という詩がある。信州川上の御所平をある年の正月に訪れ、その時のことを、夜の東京銀座でぼんやり想い出す詩だが、その中にこんなところがある。

腕組しておれを眺める往来の子供たちが
みんな小さい大人のようだった御所平。

榾丸一俵十八銭の手どりと聞いて、
ご大層なルックが恥ずかしかった御所平。

私は十七、八の頃を中心にして、ほとんど山歩きに明け暮れ、出来ることなら学校などは途中でやめて、山案内人になろうと、ちょっと真剣に考えたこともあるが、ふとしたことからそれほどまでに好きだった山歩きをぷっつりとやめて、東京から離れることのない生活を続けた。都会生活を無論いいと思っていたわけではないし、毎日毎日、誰が何処で立てるともなく湧き出すその騒音には、人一倍に苛立つこともあったけれど、いつか生活は私を都会にしばりつけても、そう不自然ではないようにしてしまった。恐ろしいことだとも思う。

田舎に、親戚は勿論、無理をたのめる知人もなかった私は、あの戦争のあいだ、都会をのがれる術を失って、何もかも焼いてしまったが、その後それまで一度も訪れたことのない東北の農村に一年以上厄介になっていた。それから再び、東京の郊外へ戻って暫くは、昔のように、もう一度山へ出かける気持などは起らなかったが、最近、地方から講演に招かれたりした帰り、二日三日を高原や、あまり嶮しくない山などですごしてくるようになった。この私自身の気持の移り変りは、自分でもうまく説明はできない上に、たとえそれができたにしても個人的なことになってしまうから避けたいと思う。それよりも、所詮は都会のはずれに家を持ち、都会に出て生活を立てている私が、農村の方々にたいして抱いている気持を述べたいのだ。と言って、無条件に農村に対する尊敬の気持を述べるような、そんな空々しいことは言わないつもりである。

＊

それは最初に書いた尾崎さんの詩にあるようなことだが、リュックザックの代りに絵具箱をかついでいたところで同じである。私がこうして田舎を歩くのは、何かの形でそれが自分の糧となり、自分の生活の拡がりや高まりができてくることを期待もし、また事実、それは私にとって最も確実な、最も悦ばしい勉強でもあるわけだが、それが、山間の畑を耕している人に通じないことを思って、大変遠慮がちになってしまう。手伝うことがあるならば、そしてそれが私にもできて悦んで貰えるなら、私のこの遠慮と気づまりがなくなるまで、働かせて下さいと言いたくさえなるのに、そんな気持を顔付や、簡単な挨拶の中に織り込みようもなく、ただひたすら恐縮しながら通って行くより仕方がない。

それは前にちょっと言ったように、東北の農家に世話になっていた時に経験したことだが、そしてこれは勿論一概には言えないことではあるが、農家の方々にとっては、少し極端に言えば、働くということは鋤や鍬をとって野良仕事をすること以外には考

えられないということなのだ。町へ出て、どこかの会社などにつ

によっては働くことに入れられず、骨身をおしむ一つの贅沢な行為になる。また、侍ら、真昼、天気のよい日に本をひろげて読むことなどは、その本が、講談本であろうと、高遠な真理を説いた哲学の古典であろうと、それは問題にはならない。これは、幼少の頃からずっとただ田園の生活のみをしてきた人たちにとっては無理もないことで、その無理解をとがめようなどとは思わないし、性急にこちらの立場を分って貰おうと努めても簡単に成功はするまい。私たちは、自分たちの山歩きの態度にどんな正当な理由を持っていようとも、そこは農夫たちの生活の場所である以上、遠慮がちに歩かなければならないと思う。

*

私はつい先頃、前から一度行ってみたいと思っていたある峠へ行った。バスの通っているその峠へ、私はかなり早く着き、そこから少し広い尾根道を登って、自分にとって懐しい山々が見渡せる山頂まで登った。比較的近くに、自分のいる山頂とはほとんど同じくらいの高さで、広々とのびる高原、所々に、やわらかな曲線でかこまれ

た雪があり、その高原の向うに、鋭い岩山の山嶺が七つ八つそそり立っている。誰もいない山上に一人、私は全く私のみの想いにいっぱいになりながら、ただその山々の姿と、時折流れて来てはいつの間にか消える積雲を眺めていればよかった。

恐らくその朝、あたたかな陽をうけて羽化した小型の黄鳳蝶《あげは》が二匹、私を何と思っているのか根気よく、正確に私の囲りを飛び廻っている。これはある種の蝶にみられる自分の場所を占有する習性なのだ。東京付近の丘の頂や、そのほか二、三のところで目撃した経験があるが、営巣する小鳥たちが、全く真剣になって、けなげに自分の場所を守る習性と同じで、その場所に飛び込んでくる昆虫を追い払い、時には小鳥などに向っても襲いかかることがある。絵具箱などをそのままにして、私は少し位置を変えてみると、二匹の蝶はどこかの草の葉かげへ休みに行くのかいなくなる。再び私がもとの場所へやって来ると、前と同じように飛び始める。時々吹き渡って来る風に流されるかと思うと、熱心に風にさからって舞い戻り、恐らく数時間ほど前に、あの蛹から出てやっとのばした翅《はね》を思う存分に使っている。

私はそれから幾時間か、少し暑いほどの初夏の陽射しをまともに額に[illegible]て、気ままにかき、笛を吹き、峠を下ったところから最後のバスに乗ればゝゝ[illegible]

歩き出した。鶯や四十雀《しじゅうから》は到るところで啼いていたが、暫く下った道ばたの一本の木の枝で、ぶらぶら歩いている私に向って、犬で言えば吠えつくように、非常に緊張した啼声を出している山雀《やまがら》が一羽いた。よく見れば少し離れたところにもう一羽、一方を声援するように、あたりの容子をうかがいながら、間をおいて啼いている同じ山雀の雌鳥がいた。あの鳥好きなハドスンがやったように、その啼声を人間の言葉に翻訳したら、こんな風になるだろう。

「実に迷惑なんだ。行くなら早く行ってしまってくれ。そんなところに立って、にやにや笑いながら僕たちを見ていたって、仕様がないじゃないか。僕たちがやっと造ったこの愛の巣を、君にのぞかれる義理なんかちっともないんだ。冗談じゃあない。早く行ってしまってくれ。」

恐らくまだ卵を産んではいまい。私は一人で微笑しながらも気の毒になってその場を遠ざかって行くと、二羽の山雀は、多分今度は一つの枝に寄り合って囀《さえず》っているのだろう。平和な、安らかな声に変って来るのがよく分る。

*

私は一度深まる谷へ下り、それから、だんだん川音が大きくなる谷の道を通った。山上の蝶と谷間の小鳥とに、同じように邪魔者にされた私は、たいそう子供っぽい気持になってしまい、このまま下りて行けば、山麓の村を通る時に、どんな眼で見られるだろうと、そんなことが頻《しき》りと気になり出した。私は村の平和を乱す何の行為もしないつもりだ。過去においても、今は勿論将来も、見知らぬ土地へ行った時には、出来得る限りの謙虚な気持で人に接し、またそこの風物に見入ることである。しかし、私はその土地土地の風習も、人の心持もすべて心得ているとは限らず、渇きを癒す一杯の水を乞うた時に、ひょっとした態度から、何を感じさせるか分らない。こんな大げさな不安をいつも抱き続けて山を歩いてはいないけれど、そして、そんな失敗の経験も持ってはいないつもりだけれど、その時は、蝶と小鳥にたしなめられたせいか、ひどく気にかかって、時々歌い出した歌もやめ、若葉をきらきらとふるわせる風の中を、少し、しょんぼりして歩いた。

これまで私が知り合った農村の人たちの悉くが、全く暖かく私を迎え、たとえそれが一、二時間の休憩であろうと、一夜の宿を与えてくれた時であろうと、別れる時には手を振らんばかりに名残りを惜しんでくれた。炉端でそだを折りながら昔話やその土地の伝説を語ってくれた老婆、たった二、三本の煙草に、重箱の中のにぎりめしを幾つでもすすめてくれた農夫、道をたずねれば、明日は雨になりそうだと言って、まるで私の代りに心配してくれた焚木を背負った女、驟雨に思わずかけ込んで軒先を暫くかりようとすれば、何としても靴を脱いで上って休めときかなかった農家の人たち。そんな時に、求められるがままに話す私の都会の話を、彼らはみな体を乗りだすようにして聴いてくれた。

しかし私は、山へ行くたびに、その機会にめぐまれさえすれば、たった一言の挨拶を交わしながらも、自然の中に一種の意地をもって生きている人たちの態度を新しく学びとって来る。

その意地は賢さでもあり、たとえ彼らがそれに気付いていなくとも、私にとっては糧となり、消えてしまうものではなく、心に抱き、またそれを想い出すたびに、いよいよ貴さを増してくるような糧となる。何一つ直接の利害を挿しはさまぬがために、私たちは心の底から打ちとけ、語り合うことができる。私はただいかにも残念なことは、こうして私自身は彼らと接することによって、力強いねばりや、いつも自然の一部となって生きている人たちのみが持っている一つの立派な徳を学ばせて貰うのに、私の方からは何も返すものがないことである。私は彼らに一体何を教えることができるだろう。私はある時、不便な農村の文化部から依頼をうけて話しに行き、そこの小学校へ集まって、私の話を聞こうとしている五、六歳の子供から、もう確かに還暦をすぎている老人たちを前にして、話そうとすることのあまり貧弱なのに気が付いて恥かしくなったことがある。こんなとりとめもない想い出に耽りながら、なお下って行くと、部落があった。最後のバスで、何処へ行くのか、手拭をかぶった大勢の人たちが停留所に集まっていた。私はそこで弱ったことになったと思ったが、とっさに思いついて、たとえ夜が更けても、私はこの街道を汽車の駅まで歩くことに決心した。緬羊を牽いてきた娘さんにどのくらいかかるかとたずねると、四時間はかかると言った。もう大分前に沈んだ太陽の名残りの、赤味のある明るさと、自分の時計と、立ちどまって不思議な顔をしている娘さんの顔とを訳もなく見くらべて、その街道を歩き出した。

炎の饗宴

静かな小川の岸辺に、軽い、さらっとした音を立てて寄せる小波のような寝息を洩しながら眠ってしまった若い友だちの隣から、眼が冴えて来て当分寝つかれそうにもない私は、こっそりと抜け出した。一八〇〇メートルの深い樹林帯に建っているこの小屋へ来てからもう三日目になる。雨が降り続いて、毎朝外へ出るたびに秋が深くなって行くのがはっきりと分る。

こっそり抜け出したつもりだったが、私が山靴をごとごと言わせる音に友だちは目をさました。

何処へ行くの？　ちょっと外へ出てみる。一緒に行こうか？　そう言いながら彼はまた静かな寝息をくりかえし始めた。

日暮から吹き始めた風に雨は歇《や》み、翌日の天気を少しばかり期待させて、夜の食事のあと、食器を小川まで洗いに行った時には、雲間から二つ三つ星ものぞいた。尾根の方から白樺の林をさわがせて、この谷へ吹き下りて来る風が、まだその余勢で、小川の水音をかき乱している。見上げる天上には無言の雲塊の荒々しい流れがほの暗く見えるばかり。また星もすっかりかくれてしまった。

蝙蝠《こうもり》が三匹飛んでいる。

私は小屋に戻って蠟燭《ろうそく》をつけた。

晴れる？　雨は降ってないけど、明日も多分だめだな。

蠟燭の炎を手許へ近寄せて煙草に火をつける。だんだんに気温の下って来る夜の中に、ぽつんとこうして目ざめていると、最初はこの夜を荘厳な、幾分言葉がかちすぎているかも知れないが、崇高な、そういうものに感じるが、それを感じる同じ心が、私自身を孤独な饗宴へと誘う。蠟燭の炎からは、私にとってはもうこの手ではどうしたって引寄せることの出来ない過去のものが、急になまなましいものとなって迫って来るし、その幻は、この夜の谷をひらひらと飛び交う蝙蝠のように私の周囲を廻り出す。あるものは寛容に、あるものはひたすら悲しく、あるものは懺悔を強要するように威嚇する。

だが蠟燭の炎は、さまざまな光の秘密があって、炎の中心近くの、燃焼の始まりの色をみている時には、私を過去から解放し、秘かな期待や、自分でも気づかない願いによって、私の未来のある一日を組立てることを許してくれる。けれども貧しい私の未来を見ることは、過去の威嚇よりも遙かに辛い。

外の風の音が大きく聞こえる。どこかの隙間から吹き込んで来る僅かの風で、小屋の中の空気がうごき、炎が揺れ、すべての影がゆれ、夜が揺さぶられる。すると、懐かしさや甘い不安に包まれて、身動きの出来なくなっていた私は、幻の中の顔にこちらからほほえみかけたり、古い日の敗北を勝利にかえてみたりする。

何という愚かなことをするものだろう。何という空しい遊びに耽っていることだろう。

*

せっかく眠っているところ悪いけど、今夜これから山を下りないか？

そりゃあ、どっちでもいいけど。なぜ？

明日も雨だと思うし……ランタンで真夜中の山を歩きたくなった。

どっちでもいいけど……こんなに暗くて小屋の中を片付けるの大変じゃあない？

片付けるのはぼくがやる。それまで寝ていたらいい。

風がずいぶん強い。
尾根へ出ると灯りは吹き消されるかも知れない。

古いケルン——戦前の記録より

北穂高岳

七月二十三日（一九三〇年）、槍ヶ岳から南にのびている南鎌尾根の大喰岳、中岳、南岳の岩山を通り、痩尾根を這い下って大切戸《キレット》へ着いたのは丁度十二時であった。これから穂高連山となり、先ず急な北穂高の登りにかかる。

靴の鋲に身を任せ、手がかり、足場をさがしながら攀じて行くうち、自分の目の前に小さい清い名も知らない花の、我もまた天地の寵児だとばかりにこの大自然の境に咲いているのを見たとき、自分は恐ろしい断崖に蟻のごとくへばりついているのも忘れてしまった。じっと見つめていると、このような岩ばかりの所に、飽くまで澄みきった空気を呼吸している姿は、どうしてもただの花とは思えなかった。

ふと我にかえると足下垂直の断崖に、頂上は勿論見えない絶壁に、自分はしがみ付いていた。

やがて花に別れをつげて再び動き出した。手くびにつるしたピッケルの岩にあたる音のみが遠く離れた南岳の大きな岩壁に山彦してかえって来る。重なり合っている岩石は、幾日となく降り続いた雨で一層ゆるんで、体ぐらいの大きさの岩も手をかけるとぐらっと崩れ落ちようとする。飛騨と信州に馬乗りになって手で歩く所もある。あやまって落した石が谷底深く幾つもの石をともなって落ちて行くのを見ると、もしも自分が落ちたらと、出発の日に下駄の鼻緒が切れたこと迄が思い出されてぞっとした。

三一〇〇メートルの北穂高の頂上につくと、目前は前穂高の北尾根が六つのピークを大空に聳やかしていた。残念にも槍の方は霧で何も見えない。東には雲表の蝶ヶ岳、常念の山々が梓川を隔てて見える。雲下の切り落したような谷々は飛騨側から吹き上げて来る霧に一層美化されている。大きな涸沢の下にはベースキャンプをはって、スキーを楽しんでいる二、三人が霧の霽間《はれま》から時々砂粒より細かく見える。涸沢岳、奥穂高、前穂高の大きな山容は物音一つしない大空に、限りなく恐ろしい、けれどもまた親しみある力を蔵してただ黙々と立っている。この荘厳この神秘は山でなければ求め得られないと思うと、胸のすいた笑いが自然とうかぶのを禁じ得なかった。

穂高小屋はまだ遠いし、穂高縦走中一番の難所とされている涸沢岳の最後の登りも残っているので、リュックを背負い、再び緊張して頂上を去った。

（一九三二年「暁星」第三十八号）

小黒部谷遡行剣岳

一、小黒部谷

一九三一年七月二十四日の夜遅く帰宅して、また二十七日の夜から聊《いささ》か家人に気兼ねをしながら出かけた。七月二十八日の夜は八方池の畔に幕営し、二十九日は唐松を越えて祖母谷の営林署の小舎でぐっすり寝られた。

三十日、眠い目をこすりながら外へ出るともう谷川の温泉《いでゆ》の煙が朝日に薄赤く染って昇っている。前七・〇〇に小舎を出発。途中切り立った対岸の岩壁に激しく流れる渓流の美しさに見とれていたので本流の吊橋まで一時間三十分かかった。猿飛でゆっくりして前一〇・〇〇に仙人尾根の登りにかかった。徹頭徹尾急な坂で木の根をつかまえて攀じ登って行くこと一時間で小黒部谷へ着く。木の間から黒部本流を隔てて奥鐘山などが見える。中食をして前一一・五〇殆んど道と思えないような雑木と草の中を分けて下って行くともう全然見通しがきかず磁石を見なければ方角も分らなくなり、聊《いささ》か淋しい気持がした。一時間密林と苦闘すると、大きなガレに出る。十五メートル位の綱と針金があるが勿論何年前に懸けた物だか分らず頼る事は出来ない。また所々靴を脱ぎたいような一枚岩の出ている所もあった。この辺りの森林の間から覗かれる白く蛇行する小黒部の奔流、大手を拡げている猫又の山容等、景色の素晴らしいものがある。またアマゾンを想像させるような熱蒸《いき》れた深い草叢の中を進む。右手の△一三八〇・五あたりから出ている沢に立派な滝の懸っているのが見えると間もなく生々した明るい広河原に飛び出す。まだ後二・四〇なので今夜の幕営は大ヌケ下と定めた。最初に腹位までの徒渉がある。今年は流れの都合が悪く、六回も膝より上の徒渉があった。余り深く流れの早い所は綱を渡したので意外に時間を費し、後六・〇〇に大ヌケの真白いガレの下に出た。草叢の中に幕営の場所を探しに行ったが蝨《だに》が多いので河原へ戻ったが、対岸（左岸）に狩人のわら小舎らしいものを見出して、大喜びで中に入り夜中の寒さも非常に楽だった。蟇の大きいのがいたので焼いて食べたらおいしかったが脳味噌や腸は余り感心できない。

三十一日、深い谷の夜が明け河原へ出て嘯《うそぶ》くと鱗雲が出ているので、いよいよ雨かと大分心配したがすぐ青空になった。前七・〇五跡を片付けて右岸へ渡る。朝は大分水量は少ないが足が切れそうだ。二、三回徒渉の後右岸に渡ると大きな岩壁があり、昔は針金が垂れていたものらしい。今は随分時間もかかる。そこから草の深い山腹をからんで歩いて行くが足元にゴロゴロした石があるのでころびそうになる。ただ通り通ぎるには余りにもったいない程の恐しい岩壁があると口を開いて見とれる。長い間右岸の河原や草叢の中を行くと与左衛門谷との出合に来る。ここには大きな残雪が落口を埋めている。前一一・二五、雪を越して正午まで中食にする。三、四回徒渉して三〇分遡ると、右手の尾根から出た赤いガレの小ヌケに来る。正面の鞍部に池ノ平の光ったトタン屋根が見えてうれしい。思わぬ所に残雪があったので潜くぐりをせずに済んだ。けれどもまた一ヶ所滝のために小一時間密林と戦った。大窓の下へ来てどっかり腰を下すと、大窓には夏の入道雲が青空に浮上っていた。今までの張り切った気分が急に安心した気持に変ってぼんやりしていると向いの岩壁の途中から小石がザラザラっと落ちてまたもとの静けさにかえる。いつの間にか入道雲がなくなった。

ここから後は何の危険もなく左側の雪渓を登りつめ林叢の中を分けて上り、くたくたになって顔を出すと池ノ平だ。後四・五四。

目前には八ツ峰の美しい痩尾根《アレート》が我等を待っていた。天幕を張ろうとすると軍蔵じいさんが「客がいないから小舎へお入り」と言うので入った。星の光が冴える頃まで毛皮にくるまって麗わしい夕暮の世界に見入ってしまった。針の木の肩に見える常念、大天井が桃色から紫色に変る頃、大窓の頭から薄青い霧が来ては巍然として蟠《わだかま》る八ツ峰の岩肌を一層美化するのがまた楽しかった。この景色の偉大さと驚くべき哀愁とは、とても人間の言葉では表わせない。空想が自由の翼を伸ばそうとしても由のないことである。空想はすべて人間のいる所で出合うものだ。けれどもこの静かな高い山に於て魂は思うがままに自然の中をかけ廻って瞑想することが出来る。シャトーブリアンの文中でこんなことを読んだのを思い出した。星の世界を気味悪い声で鷦鷯《みそさざい》が囀《さえず》り始めた。

二、小窓・三ノ窓

八月一日、今日もまた天気はいい。前七・三〇小舎を出ると、兎の係蹄《わな》が沢山道にあって、つまづきそうだ。赤っぽい一枚岩の手前を下って小窓の雪渓に出た。斜面もゆるいし、幅もかなり広い。前八・三〇小窓へ着いた。案外平凡な所だ。小一時間一番急な斜面を選んでグリセードの練習をやった。

八ツ峰の岩稜とどっちりした黒部別山の平な山巓《さんてん》。その向うには鹿島鎗のピラミッドが四方に長い尾根を引いている。後立山の新築された小舎も八峰《はちみね》切戸も目を大きく開くとはっきり見える。右手の空を突いて針聳している尖峰《ニードル》は頭が二ツに分れ、写真に見るドロミテの五指峰の一部のようでどうしてもあちら物だ。後は池の谷に向って直立に近く薙《な》ぎ落されている。前九・三〇小窓を去り、岩場と草付をよつん這いになって小窓の頭〈二六一七メートル〉に登ると、尖峰がまたまた素晴らしく見える。美しい花の咲き乱れた草の上で休んでいると何とも言い難い、地球を離れた世界に連れて行かれるような気がした。幅は狭いがかなり急な雪渓をトラバースして尖峰の裏へ出る。ここへ来ると、早月側の眺望が展開され、まだずっと下方まで雪の埋ってい る池の谷やギザギザの早月尾根もまた格別な所があった。ここから三ノ窓のすぐ下までではガラガラの石の悪場で、一足一足大小の石が辺りの石を誘って池の谷めがけ、早月の岩尾根に木霊《こだま》しながら落ちて行く。少しの間だがなかなか手間どる。左手の岩壁にへばりつきながら行く途中深山苧環《みやまおだまき》の清い空気を一杯に吸って、岩壁の裂罅《れっか》に咲いている姿を見ると、恐しさを忘れてうっとりする。約三十メートル、大きな石の間を登って前一一・四〇、三ノ窓に着いた。陽が照りついて暑いが、遙か下まで続いている豊富な雪を見ると、すっかりいい気持になる。三ノ窓の尖閣、八ツ峰のピークが一緒にかたまってそそり立っている。後一・三〇に出発と定めて飯盒《はんごう》を空にし、日なたで雪を溶しながら立派な雪、岩、空の景色に見入り、春、冬の物凄い景色の夢を見た。

降り口の傾斜の大してない所も雪が割合に軟かかったのでよく滑った。この先が大分急になり、一ヶ所ガレが出ていた。そこを過ぎると両岸の岩がさし迫り大きな口が開いている。自重してその傍を通ると後は殆んど危険もなくどんどん滑り下りた。ふと立ち止って顧みると左手の叢岩はますます高く、素晴らしい岩の筋骨を突き立てている。斜面も随分急だ。ひやっとした風が頬を撫でる。憧れの三ノ窓のグリセードは嬉しかった。後二・三〇小窓との出合に着き左に入り、二度ばかり徒渉して、長く残雪があったために早く池ノ平への登り口に着き、ぶらぶら歩いて後四・〇〇に池ノ平の小舎に戻った。また今日も、赤の、紫の、コバルトの、青の日暮の恍惚たる景色を眼にする事が出来るのは無上の嬉しさであった。

三、三田平へ

まだ天候も変りそうな様子も見えない。軍蔵じいさんと別れて前八・一〇小舎を出た。二俣まで頑張って、前九・三〇、八ツ峰から落ちたという近藤岩は実にでかい。

もう草いきれの道は閉口なので徒渉を覚悟して河原を行くと早速割に深いのをやって右岸に移り、やはり草の中を行く。全然雪の残っていないハシゴ谷《ダン》を見ては内蔵助平より小スバリ谷への計画をまたの時にしたのも大した心残りでもなかった。真砂沢の落口の前でまた徒渉したが、雪が近いためか馬鹿に冷たかった。ここには今年から新しい小舎が出来て、色々の物を売っている。丁度雪崩が来る場所なので夏の終りには壊してしまうとの事、八ツ峰あたりへは三田平より幾分都合がよいかも知れない。沢の中だが、唐松の小舎がちらっと見えるのが面白い。炎天で炊事（前一一・一〇—後一・一五）。ここから剣沢は全部雪で埋っている。別山沢の出合にクレバスがあった。長次郎出合後一・四五。平蔵谷出合後二・一五。昨年八月七日に来た時腰を掛けられた平蔵岩がぽっこり飛び出している。平蔵谷を下って帰りのこのへばった雪渓は、今来て見てもなかなか長い。後三・三〇、三田平の乾いた芝原へ荷物を下すと小舎の戸口から源治郎爺さんがにこにこした顔を出して迎えてくれた。先ず天幕を張ってしまって、土屋氏一行の墓へお参りした。誰が挿したか萎れた龍胆《りんどう》が二、三輪、朽ちかけた竹筒に挿してあったのを見て、妙にしんみりした気持になる。夕靄一つ出ない紫の剣沢をスキーで一滑りした。滑るよりもむしろただ足にスキーをつけて八月の雪上に立ち大きな深呼吸するのが嬉しい。どっちりした剣、その右に桔梗色の空にくっきり浮き出した不帰、唐松の尾根。毎日毎日譬えようもない麗わしい景色が見られるのがもったいない程嬉しかった。焚火を囲んで出来る限りの声で安曇節をどなった。

ザイル担いで八ツ峰尾根を
　明日は男の明日は男の度胸だめし

ほがらかな夕の色を宿す空に星の光が冴えて行くと、次第に夜の帳《とばり》が剣沢を閉ざして行った。

四、八ツ峰

夜中二時頃、天幕を這い出すと、星がまぶしい程輝いて、山の精が飛び廻っている。ドオデーの「昼は生物の世界なれど夜は無生物の世界なり」を思い出して身慄がした。非常に寒いので頭までシュラフザックに入れてまた寝た。四時頃に起きて火を焚きつけた。なかなか寒いが天気はよく続いている。朝飯を早く片付けて、前六・三〇出発し、光線の世界のような朝の剣沢を駈け出すように下り、三〇分で長次郎の出合まで来てしまった。出合からすぐの沢は雪がついていないし上の方が大分悪そうなのでもう一つ上の沢へ行く。これは第一の沢よりも余程可能性があるが、もう一つ上の第三の沢即ち三田平から、源治郎第一峰の傍に赤く見える沢で、大分上まで雪がついている。向って左手に露営の出来そうな大きな岩があり、そこへアイゼンを置いて行く。雪上を登りたいが、大きなクレバスがあって、とても深く渡れそうもないので右手のシュルントをこわごわ岩へ飛び付き、雪と岩の間を登る。石が斜になっている一枚岩にのっているのでよく落ちる。雪のない所へ来ると、急なガレで気をつかう。もう剣の頂上には人かげが動いている。下の方に剣沢小舎が小さく見え出した。一歩一歩登るにつれて眺望が展開され、鞍部に着く頃には衝立の横から見るように槍穂高の連峰までもその輪廓が玲瓏として光る朝の大気の中にあざやかに浮き上っていた。ガレを登りつめ、前九・〇〇に鞍部へ出た。三ノ窓、小窓、池ノ平等の懐しい景色が再び見られた。偃松《はいまつ》の根を頼りに一岩峰の下をからみその先に聳立する一峰の頭へ前九・三〇に達す。何時迄で眺めていても飽くことのない大パノラマである。昨年剣の頂上から八ツ峰を眺め、憧れの八ツ峰へ翌年来られた自分は本当に幸だった。同じ道を鞍部に帰り、わけもなく二峰の頭へ前一〇・〇〇に着き、長次郎谷を下る豆粒のような人々を見ながら中食をする。前一〇・三五頂上を去り、一段下りて偃松の根をつかまえながら、一枚岩を長次郎側へトラバースすると幅二尺位の岩の間へ出る。これを潜って約十五メートル岩の裂罅《れっか》に足をかけてアップザイレンをする。岩の縁にまたがっても、苦心すれば下りられない事もあるまい。鞍部へ前一一・一五。今度は急な岩稜を登ると三峰の頭で十分しかかからない。三峰の下りは降り口が悪いだけだが丁度よい場所に偃松の太い根があったので綱を下し、直に鞍部へ下りた。前一一・四五。此処から楽な草付を十分登りつめると四峰の頭へ来る。高さは目立たないが尖っている。四、五峰間の鞍部の少し上に捨綱がある筈だが、勿論使用出来ないので三ノ窓側の藪の中を苦心して裏側へ廻ると、真下に雪渓が見える。そこへ下るのに六、七メートルのアップザイレンをする。綱は上方の偃松を利用出来て都合がよかった。岩との間を行くと時間がかかるのでピッケルを引きかけて雪の上へ登り、深いステップを切って渡ったが、滑り出したら到底止りそうもない斜面なので腰の辺りがむずむずした。少し脆い岩の腐ったような所を攀じて草付に出て一息にぐっと登ると五峰の頂上だ。雪の鞍部が後一二・四〇で、頂上が一二・五五だ。この頭は全部で七つの岩峰が集っている。一番端へ行って切戸を覗くと、真下に見えて其処から長い六峰の岩稜が急に天を突いている。明日の残りの三峰が無闇と楽しみになって来た。寝ころんでうとうとしながら、八ツ峰の上にいるという悦びで一杯になって色々の事を考えた。

後一・四〇頂上を去り、雪渓を見出すまでは大分手間取った。そして二度続けて三十メートルたっぷり使ったので最後に溝を下りて傍に雪渓を見た時はすっかり疲れてしまった。後三・〇五、上を仰ぐと真直に大きな如何にも堅そうな色の岩壁がその上その上へと重なっている。長次郎谷をめがけて急な斜面を雪を飛ばして下った。続いて本谷をいい気持になって滑る。行手には真砂の雪尾根から真黒な八ツ峰の岩壁の間を後立山が西に傾いた陽を受けて菫色に輝いていた。たった十五分で出合へ戻り、長い雪渓をぽこぽこ歩き、すっかり疲れ切って三田平へ帰って来たのが後五・〇〇だった。源治郎尾根の向うに七峰が明日を待っているように見えた。

今夜は安曇節の元気もなく早く寝た。夜中に風に煽られる天幕の音で、何度も目が醒めた。四時に起きると天気は素晴らしいのだが、風が猛烈で非常な寒さだ。暫くようすを見ていたがとても尾根はひどそうなので一日滞在に決めた。時々霧が前剣までかすめて飛んで行く。源治郎爺さんと山の話をし、幾分風が鎮まりかけるとスキーを持ち出した。退屈な一日を過し、一夜を明すと五日もまた強風で、今日は真黒な雲が別山尾根から湧き出して盛んに吹き下して来る。天幕も吹き飛ばされそうだ。もう剣も、八ツ峰も霧の中に姿をかくした。余儀なく引き上げる事になった。前七・二〇三田平を立退き、乗越から雷鳥沢を下り、弥陀ヶ原の物凄い風と雨の中を歩き通し、びしょ濡れになって、後六・〇〇に藤橋に下った。三里の千垣への道を頑張る積りだったが、とても汽車に間に合いそうもないので一泊し、翌日富山へ出て七日の朝帰京した。

（一九三三年一月「東京高校山岳部部報」第一号）

春の富士

富士吉田に走る電車の中から仰いだ富士の山容は今日に限って馬鹿にでかく見える。夢に見るエヴェレストの様に。吉田駅から未だ桜の微笑んでいる裾野を大分自動車に揺られて馬返に下ろされた時、氷雪の山頂から冷い風が吹き下りて来た。大昔から人間の胸中に秘められた自然への憬れが自分にも蘇って深い息をする。早く早くあの頂上へ行きたい。重い荷物とスキーに汗だくだくになって三合目あたり迄行くと、道は大きな霜柱と雪に変った。早速スキーを穿いて四時近く五合目の小舎に着く。

＊

夕飯を焚く前に森林の中をすべり廻る。蜻蛉《とんぼ》返りの練習をした後汗ばんだ体を風にさらして鎮った山の空を仰ぐといい。スキーの跡が硬くなる程からりと晴れる。がっちり暮れ急ぐ夕陽をかくす裾野は夕靄に霞み始めた河口湖の向うまでものびている。そして未だ真白な南アルプスはその上に三つ四つの片雲を漂わして静まりかえっている。暮れ行く時を惜み乍《なが》らがりがり盛んに凍り始めた雪の上を滑っていた友も小舎に入って仕舞った。紅く色づく空の美しさ。樹木の影と明るみがとけ合って消えて行く様だと眺めていると空は益々紫にコバルトに深まって行く。富士の雪は既に暗い。炊煙が山の眠りを誘って流れ出した。明日の天気と成功を祈って小舎に入った。

今夜は山小舎に珍らしく寝られない。少しうとうとすると、妙な夢に起されて仕舞う。隣の友も、ごそごそやっている。皆んな神経衰弱だ。

*

翌日は三時に起きて、ランテルヌで出掛ける。風にうなる森の間から未だ寒い星が覗いている。六合目に来て森林帯を出ると、実に広い斜面だ。下界は一面、桃色の雲海。凍りつきそうに吹き下ろす風にあたり乍《なが》ら暫《しばら》く、雲間より昇る太陽に見とれていた。太陽が雲の上に出ると急にあたりは光線の世界となった。我々は右側の山稜にルートを求める積りなので、登山道から離れ右手へ登る。雪は益々硬くなるので七合目附近をシーデポーとした。暫く広い沢をのぼり尾根に取附くと、ひどく急になって来て腰のあたりが妙にむづつく、尾根に出て仕舞えば大したこともなく、只露出した岩が鋸歯状の影を白氷の上になげている、天気はこの上もなく素晴らしく風もないが満々たる光の洪水が目をくらます。高度が増すに連れて息が切れる、こんなことではヒマラヤの人夫にはなれないと、又頑張る。岩雲雀が二羽頂上をめがけて飛んで行った。羽のある鳥を羨んでも仕方ない。

十時半には今迄の苦しみはすっかり忘れて、釈迦ヶ岳の絶頂でいい気持になっていた。そして自からグリンデルワルデル・リードでも口から出る所が捨てることの出来ない高峻山岳《ホーホゲビルゲ》における我々の行為かも知れない。

氷柱と透明な氷にとざされた噴火口の物凄さ。下界の青緑の平原と、鎮っている雲海の向うには南北アルプスの山々の豪華な姿が光っている。全く銀白に顫光《せんこう》する春の雪と氷。清らかな大気だ。うっとりと、この大自然に見とれているともう発すべき如何なる言葉もメロディーも知らない。

＊

鞍部迄下りて、暫く又のびる。太陽は照り付けていても流石に温度が低いのでガタブルが始まる。金標《アイゼン》のバンドをしめて、下り始める。アンザイレンなんぞ面倒だといったものの、あまりに氷は堅く金摽の相談にのって呉れるかに聊《いささ》か心配になる。落ちるのは矢張りいやだ。傍の友が一足滑らして、直ぐピッケルで止ったとき彼は僕の顔を見て妙に笑った。ある心理学者は危い山で起るアクシデントは無意識な自殺だといっている。数年前の北穂高岳の紀行文中に「この谷に落ちるということは恐ろしいよりむしろ快感を覚える」と記したことを記憶している。フロイトのいう「死の本能」即ち原形質《プロトプロズム》が無機状態に戻ろうとするということを考える時、この氷の斜面はたしかに原形質の大望に好機会を与える。そうして見ると、アンザイレンなどということはどうしても紳士的行為とはいえない様に思われる。

*

こんなことより早く下った方がいい。八合目附近からグリセードで五時間以上かかった所を四〇分ばかりでシーデポー迄戻った。時間が大分余ったので六七合目附近でゆっくり、スキーを楽しむことが出来た。表面の浅くゆるんだザラメ雪はスキーをくるくる廻して呉れる。岩上に裸になって寝ころぶ時、春だなあという感じだ。雪の消えた跡からは雑草があわてて芽をふき出している。追われて行く冬とだんだら織をなしている山の春だ。

二時頃になると霧が時々吹き上げて来る。三合あたり迄痛快な滑降が続いた。夕方富士は又綺麗に晴れ渡り、依然白く高くでかく聳えていた。夢に見るエヴェレストの様に。

（一九三三年五月「東高時報九十号」）

北鎌尾根

私はあの黒っぽい花崗岩の色と天上沢のなごやかな緑色の生活とに憧れて高瀬川を溯行した。それなのに雨はそれをただ冷たいしっとりした生活に変えてしまった。けれども雨の中にも、霧や風の中にも美しい北鎌の姿を見出し得て登攀の後にあっては一層私の憧れとなったのである。

残念にも今の私には未だ北鎌について詳細にこれを述べることは許されない。今度の登攀はその夢を一部分幻に代え得たに過ぎないのだから。

槍から天上沢へと走る大きな岩壁、その一つ一つのcouloir、千丈沢へ伸びる岩稜を攀じ、或いは冬の青氷をかき、まぶしい春の陽を浴びながらスキーをつけて、私は早くこの快い夢を追い求めて行きたい。

山の手帳から

＊いかつい黒い幹の間から白い肌が見える。白樺は山毛欅《ぶな》のお嬢さんだ。天上沢。

＊夜中に天幕から顔を出したら槍と燕のこそこそ話が聞えた。山の伝説を生かすのは

面白い。

*夜の無生物の世界を歩く臆病な虫がいる。こういう虫が僕を羨しがらせる。

*僕らが登ろうとした時槍は黒い顔を隠した。山の羞恥心よ。

*冷たい雨も頬には快い。それほど北鎌の岩肌は美しい。

*春は冬を山頂へと追い駈けるが秋は夏を山麓へと追う。岩燕が迷っている。

*岩にしがみついて色々のことを考える時白雲の無心が羨しい。

*削《そ》ぎ落された岩の先に跨るとお山の大将であり、ノートゥル・ダムの怪物である。

*岩稜。雨の晴れ間。大地はずっと遠くで緑に濡れていた。槍の頂にて。

*岩を登ろうとして眺めているうちは画家や彫刻家に似て気ままな人間である。けれども頂に立って絵や彫刻のような邪魔物が残らないのを知る時、もっと立派な芸術家のような気がする。私は岩かげに可愛らしいケルンを積んだ。

*自分の足跡のある道を降る。人生のスイッチバックをするような異様な気もち。

*登攀の後に吹く風は登攀の前に吹く風よりも私の心を淋しくする。

*北鎌の色——それは絵具を混ぜそこねた、どす黒いビワ色——私は一生こんな色の生活をして行きたい。


（一九三四年十二月「東京高校山岳部部報」第三号）

岩稜の一夜——谷川岳東山稜にて

★六時。凍り始めた新雪を掘って蹲《うずくま》る。十一日の月が明るい。私が今神を創らねばならぬのならそれはこの月だ。恐怖《おそれ》と苦痛《くるしみ》とをこれ程迄に和らげて呉れるからだ。

★九時。夜の煌《きらめき》。魂《こころ》は思うが儘に、光の中を飛び廻る。岩の角《かど》々を、草の葉末を、氷柱《つらら》を廻らせた水晶宮の中を。

★十一時三十分。月が隠れる。霧が出て、今迄星雲の様に見えていた遠くの町々の灯も消されて仕舞った。

★十二時。霧の霽《は》れ間からオリオン座が顔を出す。数知れぬ星の中には地球の様に生物がいる星もあるに違いない。その中には人間よりも優れた生物が住んでいる星もあろう。私は今にも星から探検隊が来るような気がして目を見張った。他の星と星との間には既に往来が行われている所があるかも知れない。其処にはもう宇宙愛が生れかけている。けれども全く宇宙を知り尽した生物はこの多くの星の中には居ないと見える。

★一時。大気の流れに乗って一群の霧が暗い谷へ下って行く。あの渦巻く流動の中には「生」の躍動がある。私にはあらゆる物が「生」に思われた。氷に閉された岸壁の鼓動が、私を取り囲んでいる雪の吐息が感ぜられる。岩の中では驚く可き力が絶えず犇《ひし》めき合っている。この「生」は何時《いつ》に始まって、何時に終るのか。草木の死、人間の死——それは生の特殊な活動が終るのに過ぎない。この草木、この人間の終りであって、物質に宿る生が終ったのではない。あらゆる星が光と熱とを失った時も、冷たき物質は永遠《とこ》闇の中に生を宿して行くに違いない。私は二つの無限に苦しめられる。

★一時十分。人の空想の翼も無限に拡げることが出来る。

★二時三十分。雪が降り出す。仄かな蠟燭《ろうそく》の暖か味を抱いて眠って仕舞った友の襟元にはその一つ一つの結晶が残る。睡眠《ねむり》が動物を植物に変え、死はそれを物質に変える。私は人の眠るのを見るのが好きだ。それは満更死に似ていないこともない。

★三時。これ迄殆んど会話をしなかった。パラマウント・チョコレートの中の役者を当《あて》っこした。日本の男優が出て来たので三人とも当らなかった。笑いもせずに三つに割った。

★四時。国境尾根には風の唸りが聞こえる。ピタゴラス派の人達の言う「宇宙諧音」を聞く様な気がする。

★五時四十分。霧が飛び去る。薄薔薇色の山脈《やまなみ》。歓喜の朝《あした》。

（一九三六年一月「山」）

黒薙谷

黒薙《くろなぎ》谷は鐘釣温泉よりも四里程下流で黒部の本流に落ちている。そしてこの谷を溯って行けば、北又谷、カシ薙深層谷、おれんとめん谷、柳又谷と言うような谷が白馬、猫又の鬱蒼と茂った密林の間に深く食い入っているらしい。黒部の本流から僅か黒薙谷を入った所に黒薙温泉がある。

私の左膝に水が溜った年の夏の事だから、もう四、五年前の事になる。この温泉の記憶は自分としては余り快い想い出を残してはいない。私はもう膝は大方癒《なお》って、能登半島を旅行する積りで出かけ、照りつける夏の陽に弱って、こんな谷迄入り込んでしまったのである。

黒部の温泉宿から案内に頼んだ小倉服の子供は、私へ遠慮する風は少しもなかったが、ただ強情に黙りこんで、黒薙の川瀬が右手低く見下ろされる山腹の径をせっせと歩いた。私は宇奈月で鞄から黒っぽい単衣《ひとえ》を引きずり出して、着ていた洋服を詰め代え、その鞄をそっくり送り返してしまった。そんなことで足袋も穿かないみすぼらしい下駄穿きの自分は子供の後から同じ調子でせっせと歩くにしても骨が折れた。二人の間は時には随分離れるようなこともあった。急な崖からざらざら小石が落ちて、その崖の両脇から二人は高い峰を見上げたこともあった。無口の少年は眼が窪んでいて、ナポレオンのような顔だった。私はその少年の白い運動帽の鍔《つば》の下からひくひく動く頸筋を見て、死んだ友人の頸筋を突然想い出したりした。

疲れてはいたが、予定通り黒薙温泉からすぐ引返して来れば、私にもこの土地が、黒部の奥深い谷間の温泉としてさまざまの美しい印象と共に快く頭に残ったかも知れない。事実幾度か、渓谷の何かしら慈愛に富んだ空気が、昔の山旅の心持を想い起こさせたか知らない。しかし私はあの少年を一人返して一週間に近い日をこの一軒の温泉宿に過した。

旅を思い立つ一ヶ月前から私は頭をやられていた。それはこれ迄に二、三度経験のある神経衰弱には違いなかったが、シェクスピアに出て来るような亡霊が夜となく昼となく身辺を襲った。私は遂にこの怪物どもから姿をくらまして山中に逃避した訳だった。しかし山の中へ来てしまうと又新しい自分の不安が、結局その怪物どもに隠れ場所を知らせるようなことになった。山麓から手伝いに来ていたあの赤い帯ばかり締めていた娘は私を何だと思っただろう。どんな風に噂をし合っていたことだろう。それは今でも不愉快な心持で想い出される。

しかしこの黒薙谷まではるばるとやって来た不思議な影の少女がいた。その日は朝から、秋の始め頃に降りそうな細い雨が、多少風を交えて緑の濃い大木の梢を騒がせていた。私は、相変らず穢らしい畳に胡坐《あぐら》をかいて、東の方へ流れて行く雲の群れを見るともなく眺めていた。その雨が日暮に歇《や》み、時間が遅くなると景色は却って明るくなって行った。自分は此処へ来てから初めて黒薙川の河原へ出て見たが、水嵩は流れの勢いから確かに増えていることが知れた。そして川床から湯が湧き出していた。手をつけられぬ程の所もあったが、川上から来る冷たい水と一緒になって程よい湯気を立てている場所がそこここにあった。私はよれよれになった着物を脱いで岩を枕にして長々と湯に浸った。

……私は、いつ現われたとも知れない少女の後に続いて歩いた。何に心を牽かれる様子もなく、少女は私の前をすたすた歩く。右手の土手に何か小さい花が首垂れている。私はぶらぶら歩いているのに少女はいつも足早に小径を辿って行く。ところが草の生い茂っている水の流れも見えない谷の入口に来ると、そこに暫く立ち止っていたが、一度上の方を見上げてくさむらに分け入った。私はどう言う気持もなく相変らず後について行った。雨後の草は一杯の露を置いていた。私どもはきれいな泉の湧き出している所迄来た。少女は腕を水の中に入れて何か探し出した。私の膝の所に首を伸して何か熱心に探している。私も一緒になって水の中を見たが、その白い手が水の中で一層白く光っているばかりだった。

「一体何を探しているの」

私はしゃがんで尋ねた。すると影の少女は初めて私がいたのに気づいたように、おどおどした顔を私の方に向けて、

「鰍《かじか》のおたまじゃくしが見えないの」と言った。私がその突拍子もない言葉をおかしく思いながら、「おたまじゃくしは鰍になったのだよ」と言う暇もなく、少女はそのまま消えてしまった。もうどこを見てもその影は見当らない。唯、最後に自分の方へ向けた顔が長い間目に残っていた。その顔は私の知っている誰の顔でもなかった。誰の顔にも似ていなかった。

私は本当の夢を見たのかどうか今でもわからない。とっぷりと暮れた黒薙川に同じ

ように身を浸している自分は、遠く灯の点いた湯船に浮いている人間の裸像をやはり幻であるかのように疑っていた。

（「山小屋」一九四〇年九月号）

1961年、野辺山にて

あとがき（初版より）

私の山は一九二七年、中学に入った年の冬から始まる。それは「駲鹿の家」と「山と雪の日記」の初めの方に書いたが、吾妻山麓の五色へ従兄たちに連れられてスキーに出かけた時からだ。子供だったからスキーはすぐ上達した。そんなことで病みつきになったが、雪の斜面、銀色に光る世界だけを夢に見るのではなく、心は山へ向うようになった。春先にも五色から青木小屋、家形、東大巓、栂森へスキーで行ったが、雪の季節が終ってから、主として中央線を利用した一日二日の山へもよく出かけるようになった。

小学二年の時から、可なり細かく日記をかく習慣の出来ていた私は、どんなに小さな山へ出かけた時でも、時間と天候の記録は必ずつけ、帰って来ると、一日の山歩きのことを、二晩三晩かかって文章にしていた。絵を入れ、落葉を貼り、写真帖は別に持ってはいたが、そこへ写真も入れ、無罫のフールス紙を、細かい升目の下敷きの上に置いて、きれいに書いて行くのがうれしかった。七、八十頁から百頁近くになるとそれを一冊の本に綴じ、表紙をつけるのがまた格別のたのしみだった。時間と天候だけの記録帳が二冊、その文集が十数冊になっていたのだが、みんな戦争で焼かれた。それがあれば、この本はもっと別の形の、舊《ふる》い昔のことではあっても可なり正確な記事の入ったものになっていたろうと思う。

＊

山靴を買って貰い、古い背広の上衣を貰い自分の部屋を馬油やアマニ油の匂いでいっぱいにし出したころから、私は段々気ちがいじみて来た。誰でも山が好きになるとやることだが、夏でもスキーを壁に立てかけ、手入れをしたり、時々はいてみたり、山の絵や写真をやたらに飾り、ランプなどもつるして、わざわざ電灯を消し、ランプのあかりで本を読むのがよかった。休みが待遠しく、計画は次から次へといくらでも出来た。それを一つ一つ土曜日曜の休みに片づけて行くのがまだるっこい気持だった。

そのころ、ハイキングという言葉はまだ使われていなかったが、河田楨さんの『一日二日山の旅』が私たちの案内をした。そうしてやがてお目にかかることの出来た河田さんとは、牛肉を持って、大月と猿橋とのあいだの殆ど人の知らないカンパ沢山へ行ったこともある。その河田さんと、『山の絵本』の詩人尾崎喜八さんが秩父へ行かれる途中、汽車と自動車が一緒で、それが一つのきっかけになって山の詩を読み、山の文学書をさがすことが始まった。槇有恒さんは最初の五色でお目にかかり、私が少し乱暴な山の登り方を始めるころ、それを知って、実にていねいな御注意の手紙を下さった。ペン書きの、猛烈に太い字で、その手紙も大切にしていたが、やはり焼いて今はない。その槇さんの『山行』をくりかえし読み、立山の松尾峠でなくなった板倉勝宣氏の遭難の記事は今でもその一部分を暗誦出来るくらいだ。そしてその板倉氏の遺著『山と雪の日記』も私の書棚に並んだ。

＊

愛読した山の本のことになるとまだ沢山あるが、こういういい指導者のあったことは、今から考えると実にありがたいことだと思う。と同時に、私が自分の後輩に対して、少しもよい指導者でなかったことを恥しく思う。せめてこういう本を書いて、その罪の一部のうめ合せをしたいと思ったのだが、どれほど役に立ってくれるだろうか。

夏の烏帽子、槍、穂高、立山、剣。春の乗鞍。そして私も高等学校へ入り、その頃から深入りし出した。十日、二週間と山の生活をすることがなんでもなくなった。春三月の白馬で雪崩に遭い、剣の八ッ峰で落ちた。そういうことも、本当はこの本の中へ詳しく書く必要があったのかも知れない。岩から大袈裟に落ちた経験は、それ以外にはないつもりだが、落ちる前の予感、それは実際奇妙なものだ。今この足場を自分の足が離れれば、その時に重心がどう移って、どんな事態が起るかということが、実によく分る。つまり正確な予感なのだが、その瞬間にして計算された危機から、自分を救うことが出来なくなってしまう。

こうした山々から、私は、一九三七年を最後に遠ざかった。何故だろうか。それが私にはよく説明出来ないのだが、同じ年に出版した私の最初の本『乖離』の序文にこんなことを書いている。

「先頃まだ一度も会ったことのない人から——私は今後この人を友人と呼ばせて貰いたいものだが——七十通に近い書翰の束が私の所へ送られて来た。その友人が何処でそれを手に入れ、特に私に読ませようとした気持ちは知る由もないが、同時に届いた葉書によると、『この書翰は登山家の堕落を自ら描いたものだ』と書いてある。登山家と言われる人の持つ可き精神が如何なるものかは知らないが、私には朧げにその堕落の意味がわかる様な気がする。それでここに十八通を選んで見た。聡明なる読者はこの堕落して行く過程がわかるであろうし、またその堕落の動機をも見抜くであろう。

また或種の憐憫の情から、この山を離れて行く登山家を弁護する人の現われることを秘かに望んでもいる。」

それ以来、山らしい山へ登らなかったが、三年ほど前から、またぽつぽつ出かけるようになった。それも何故だか分らない。そんなことは自分にも訊ねないことにしている。

*

この本の中には古い記憶を辿りながら書いたものが多く、地名をはっきり入れてないものがずいぶんある。それは、今もなお昔通りにある山のことではあるが、私の記憶の中で変貌しているに違いないと思うので、記録風のものにはしなかった。

また「岩上の想い」「孤独な洗礼」のような、最近の山の経験を書いたものも幾つかはあるが、その種のものは、私の他の本に既に入れてあるので、ここには入れなかった。例えば『愛の彷徨』の中の「舊い山脈」「高原の小鳥」、『愛による思索』の中の「降誕祭」、『幸福をめぐる断想』の中の「樹蔭の花」「孤独な蝶」「山麓の村」「炎の饗宴」などである。

私の未来には、まだ山を歩く楽しい日や寂しい日があるだろう。その日を待つよりも、それを創り出さなければならないと思っている。

［解説］

煌めくケルン――串田孫一　若き日の山

三宅　修

『若き日の山』は一九五五（昭和三十）年一月に河出書房の河出新書として刊行された、串田孫一さんの最初の山の本である。

当時の串田さんは三十九歳、東京外国語大学の近代哲学史と倫理学の助教授で、上智大学でも講座を持っていたが、同時に若い人たちの悩みや迷いに道標となる人生論の書き手として絶大な人気があった。

一九四五（昭和二十）年の敗戦で、それまでの価値観や指標が瓦解し、人々の頭上の雲は晴れ上がってはみたものの、これからの自分の道に希望と不安が入り混じり、それよりも今日の糧は、という切実な生きていくだけの日々に追われる状態が続き、それでもようやく未来への明るい展望が開けはじめたころである。

軍国主義教育に洗脳されてきた若者たちは、いかに死ぬか、から、いかに生くべきかという道を模索しはじめている時代だった。

人の生き方、人間性に深い洞察と思索を重ねるモラリスト・モンテーニュ研究者、気鋭の哲学者で文学者の串田さんが請われて人生論風の作品を書くようになったのはそんな不安定な時代背景もあって当然のなりゆきだったし、若者たちにとっては待ちに待った旱天の慈雨、その論旨が心のすみずみまで浸み透っていったのも頷ける。

それに串田さんは単なる机上の研究者ではない。自身にモラリストとしての生き方を課して、他に寛容で優しいが、自分には厳しいモラルの線を引き、自然体の均衡を強烈な意志で保ちつづける実践者でもある。

それを江戸っ子の痩せ我慢と言う人もいる。確かに三代続いた生粋の江戸っ子で、半鐘がジャンと鳴る途端に、すっ飛んで行く気質もたっぷり持ち合わせてはいるが、それだけではもちろん無い。志高き「江戸っ子」なのである。同じ江戸っ子の尾崎喜八さんは「そういう通俗な既成語がうまく当てはまる人を私は少なからず知っているが、串田さんは遙かに理性的・知性的・諷刺的で、そんなに簡単な枰に乗るような人ではなく、思いつくままに名を挙げれば古くはモンテーニュ、新しくはジョルジュ・デュアメルの系列に属する人のように思われる。」(『私の衆讃歌』・創文社)とさらりと言っている。文学と自然科学を両手にし、山を愛する同質のこの詩人は、山を歩きながら「……こんな時串田さんという人間の存在がじつにいい。この世の美しさ醜さを知りつくしていながら穏やかで賢く耐える心の強いこと。私の友のなかでも稀有な人だ。」(『文学碑めぐり』・弥生書房)とも言っている。

そして今、串田文学の最良の理解者の一人、詩人の田中清光さんは『詩人の山』(恒文社)の「山への思索」でこう書いている。

「串田さんは、どのような事態のなかでも、感情的になったり、妥協的になったり、絶望に陥ったりはしない。つねに澄んだ目で外を見詰め、鋭く見分けるものを見分け、微笑を浮かべつつおのれの思想を持続して生きる。その底を貫くものはきびしい。矢内原伊作さんがいみじくも『不屈の微笑』という親友ならではの見事な言葉で、串田さんを語ったことが想い起こされる。

串田さんは、生きる姿が、その思想の生きた姿であるといえるのである。」

そんな串田さんの文章について、良き友、良き理解者だった辻まことさんは

「思索という言葉のほんとうの意味を知りたかったら串田孫一の著作を読むことをすすめたい。……私は彼の書いたたくさんの作品の中で、この肌ざわりのよい言葉で終わらない強靭な心の集中力を読む。……思索を文体にもつ稀有な詩人だ。」(『週刊読書人』)と喝破している。

串田さんの文章はさらっと読んでしまうのが普通だろうが、実は深読みをしていくと二重底、三重底のようなものがあり、そこには表面から隠された結晶の煌めきがあるのに気づくのである。もちろん気楽に読みとばしてもそれなりにいい。しかし、ぜひ、その後でゆっくり味わいながら読み返してほしいものだ。

その底の深さは人そのものの深み、厚さでもある。串田さんを知る人は、上質なユーモアを含んだ会話の楽しさ、優しいバリトンの声音に秘められた凛とした響きが醸し出す心地よく暖かな雰囲気にひきこまれてしまう。学問と実生活が調和し、渾然と融合している稀有なモラリストなのである。

＊

串田さんの作品を中途半端に読み、穏やかな風貌挙措の表面を見る人の中には悪意を込めて「星菫派」などと言う者もいた。しかし、彼の強さ、モラリストとしての強さは、人間の自由や生命など尊厳にかかわる点での硬骨ぶりにも垣間みることができる。

人の生命を公然と奪う戦争やそれに寄生する人々、軍事関係者への警告と怒りの厳しさは、例えば「防衛庁長官への公開状」(『空色の自転車』一九五六年)に見るように容赦が無く、愚かな戦争を否定し憎んでいる。当時は右翼勢力が盛んなころで、言論人が刺激しないようにと口をつぐんでいるころである。生命の危険もかえりみず正面から権力にいどむ者のなかった時代だった。倫理の鏡に映して許せぬもの(ことに権威をふりかざす者)に対して断固としてゆるがぬ姿勢の強さは実践的モラリストの理念の裏づけがあればこそで、その反面の優しさだけを知っている人々にとって信じられぬほどの硬骨漢でもあることを知っていたほうがいい。

山について

串田さんと山との出会いは暁星中学に入学した一年生の冬、山形の五色へスキーに行ったのが最初だった。その時に登山やパーティ、リーダーのことなどを槇有恒さんに教えられる幸運に恵まれ、帰宅後、槇さんの本を読んだのが山へのめりこむきっかけになった。

それ以後、東京近郊の山から日本アルプスへと山行範囲を広げ、その山行のたびに紀行文を書き、まとまると綴じて自家製の本にして行ったという。そして中学四年から東京高校へ入り、いよいよ尖鋭な登山を始める。

上越線の清水トンネル開通（一九三一・昭和六年）の翌年、谷川岳東面の幽ノ沢と芝倉沢の間に成蹊高校旅行部の山小屋、虹芝寮《こうしりょう》が建てられると、東京高校の串田さんも参加して開拓期の一ノ倉沢や堅炭岩への登攀を始めた。そして十八歳になったばかりの串田さんにとって忘れられないKⅢ峰冬期初登攀が行なわれた。一九三二年十二月二十四日のことであった。

「それまでに穂高や剣で岩の感触に歓喜した経験はあった。ところが堅炭岩で味わったそれは全く異質のものであって、私には静かに秘められた矜恃が残された。」（『もう登らない山』・恒文社）

それほど熱中していた山から遠ざかるのは東京帝大哲学科に籍を置くようになってからで、その理由の一つは当時書いた小説『乖離《かいり》』にあるような、登山行為と文学との矛盾に悩むといった内的原因と、山仲間たちが学業・就職さらに軍役などで物理的に行けなくなったりしたうえ、戦時体制下になってよほど無理をしなければ行けなくなった、という外的理由が重なったためであった。

やがて東京は空襲で焼野原になり、貴重な蔵書も哲学や山の著作もすべて灰に帰してしまい、山形県の荒小屋での厳しい疎開生活が始まった。文字通りの冬眠ではあったが、その空白期がたぶん思索の上での羽化につながったのではないだろうか。

終戦後東京へ戻って、ぽつぽつと仕事をし、山にもう一度登りはじめるようになった。そしてついに青年時代に閉じこもった蛹を破って羽化するように『若き日の山』が生まれたのである。かつて抱いた懐疑の破片《かけら》もない、新しい山の文学の誕生である。一九五五（昭和三十）年一月のことである。

当時三十九歳だった串田さんは、この新書に別の書名を考えていたらしい。『若き日の思索』などの『若き日の……』シリーズに組み入れられたので改題を提案したが、出版社に押し切られる形になったとか。さて、腹案としてどんな書名を考えられていたものか、少し気になるが、『若き日の山』は河出新書の後、実業之日本社から装いと内容を改めて新たに刊行され、さらに集英社文庫として形を変え延々と続いている。

初版の時には違和感を感じたかもしれないが、晩年に振り返ってみればやはりいい題名だと思われているのではあるまいか。

＊

串田さんが初めての山で槇有恒さんに出会ったように、私は東京外語大で山岳部を創る折に参画し、串田先生に部長を引き受けていただいた。第一回目の顔合わせ山行で初めて登山家串田孫一に出会う幸運を得ている。その時の仲間たちは多少の差はあったが、皆まったくの素人で、さぞ驚かれたことだろうと思う。古背広にニッカー姿、鋲靴をはいて山の内ピッケルという、本物の登山家にとって、山の道具をまったく持たず、学生帽や穴のあいたピケ帽、向う鉢巻の者もいて、兵隊靴や運動靴、ワラジ穿きという百鬼夜行の有様に、驚き呆れたことと思う。

その山行は『幸福をめぐる断想』（三笠書房・一九五四年）の中の「孤独な蝶」に少しだけ書かれている。残雪のマチガ沢からシンセン尾根へくいこんでいる雪渓に入り、私は二人の仲間とシンセン尾根に登り、鋭く切れ落ちるナイフリッジの向こうに黒々と立つ一ノ倉沢を初めて見て度肝を抜かれたものだ。その頃、下に残っていた仲間の一人がグリセードの真似をしてクレヴァスに呑みこまれ、串田さんが単身で中へ下りてようやく救出した事故があったが、「孤独な蝶」の中では「同行の一人がアクシデントを起し……」とあっさり書いているだけ。他人の行為への筆の抑制は著者の生き方を映している。もちろん「孤独な蝶」の主題は別のところにあり、山から遠ざかり、再び山へ戻って来た彷徨の二十年間への問いかけを越年のキベリタテハにこと寄せて「こんなにも美しい翅を持ちながら、何に媚びることもない健気な勇者への讃辞を捧げたいと思った。」と結んでいる。

ここに未来を見据えた串田さんの視点を見たように思う。迷いも疑念も払拭し去って新しい山岳文学をひっ下げた串田さんの静かな息づかいに触れたと感じる。

鳥甲山、雨飾山、堅炭岩など、それからずいぶん多くの山々へお供をし、そこから生まれる串田文学と私の意識の落差の大きさに恐れさえ感じたものである。同じ山に登り、風景や花を見、鳥の声を聴き、風の咆哮や渓流の歌に耳を傾けているはずなのに、そこから生まれて来るものがどんな作品となって現れるのかは楽しみでもあり驚きでもあった。

同じ素材を手にしていながら、私は串田さんが小箱の中に紡ぎ出す鮮やかな色彩にいつも息を呑む。その奥にもう一つの底板があって、その二重底に納められている本音に触れる努力を続けることができればいいのだが……。

『山の絵日記』（ダヴィッド社・一九五七年）に「結晶」という文章がある。

「私の中で、山は結晶する。経験の重なりや、記憶や思い出とは恐らく別のところで、舊い山やついこのあいだの山が、自分でも驚くほどの美しさで結晶することがある。……

山自身が、私には気紛れとしか思えない仕方で、私の中に残る時に結晶するらしい。」

その結晶の多彩であることに気づく人がどれほどいることか。

辻まことさんはこう言い残している。

「串田孫一は誠実な観察者として芸術家の性急な感情を押えることでわれわれの心の深みにある見過ごされ易い営みを指し、静かな声でわれわれの眼をさましてくれるのだ。……

無雑作にザックを背負ったあまりパッとしない地味な串田孫一をダビッドだと気付くものは私の試した限りでは意外に少い。」

辻さんは串田さんの人間としての巨きさと文学、芸術の深さを知る少数派だった。多彩に煌めく串田さんの結晶のありかをよく知る人だった。

『若き日の山』はほとんどが戦前の山々の結晶群で構成されている。そしてそれが戦後復活再生した串田孫一の山岳文学の出発を記念するケルンである。それから六十二年の歳月を登りつづけて来た今、振り返って見れば雲を抜きん出たその高さ、広がりに茫然とするばかりである。

（二〇一七年一月）

*二〇〇〇年刊「ヤマケイ・クラシックス」版の「解説」に加筆。

串田孫一 年譜

1915（大4）年 11月12日、父・串田萬蔵（1867年・慶応3年生・三菱合資会社銀行部長）、母・婦美（1875年・明治8年生）の独子として東京市芝区明舟町17番地に生まれる。（日本橋の浜町病院にて）

1920（大9）年 5歳 4月、試験を受けてお茶の水幼稚園に入り、2年間通う。家族と共に神田区駿河台袋町3番地に移転。三方崖で、古木、草むらも多かった。

1922（大11）年 7歳 4月、東京九段の私立暁星小学校に入学。

1923（大12）年 8歳 9月1日、神奈川県鎌倉町扇ヶ谷泉谷にて関東大震災に遭い、家屋全壊。東京の家は全焼。約1カ月半、鎌倉の荘家に母と共に世話になる。10月半ば、東京市麻布区宮村町71番地の、外国に滞在中の沢田廉三氏の家を借りて移転。翌1924年1月より手帳に日記を書き始める。

1925（大14）年 10歳 2月、東京市麹町区永田町1丁目17番地、旧樺山愛輔氏の家に移る。

1928(昭3)年　13歳　夏休みに外交官に連れられ、上海、南京、蘇州を訪れ、長崎に戻って九州北部を旅する。12月には吾妻山五色へ行き、槇有恒氏と吹雪の中を歩く。スキーを楽しむと同時に、山の厳しさを体験し、槇有恒氏には多く手紙を書き、必ずそれについての丁寧な山についての返事を戴き、亡くなるまで親しく交わる。

1929(昭4)年　14歳　この年より休日には河田楨《みき》氏の『一日二日山の旅』によって中央線沿線のさまざまの山、秩父の山などを歩き、夏の休暇には、槍、穂高、立山、剣など主として北アルプスの山々を歩く。また山とは別に小部数の同人雑誌「流星」を謄写版刷で出し、友人が闘争についての論文を発表したため2号で廃刊にしたが、その恨み(裏見)から回覧雑誌「6」を出した。学校の成績は自分でも驚くほど急落した。

1930(昭5)年　15歳　7月、小黒部谷より剱岳、八ツ峰。

1931(昭6)年　16歳　山登りに使う日数は更に多くなり、小黒部谷のような可なり特殊な地域に入る。そして山の紀行文集を自分一人で書き「山岳」と名付けて製本した。学校ではサッカーを小学校時代から続け、成城学園との試合中に左膝を負傷した。オスグッド・シュラッテル氏病、外傷性水腫という診断書を渡され可なり長期間通院した。

1932（昭7）年　17歳　4月、暁星中学4年修了時に、東京高等学校文科丙類に入学。全員8名のうち暁星出身者4名はフランス語の授業に暫くの間出席の必要がなく、そのまま帰れる日はよかったが、そうでなければ山岳部の部室へ行って、部報の発行を企んでいた。山の登り方もこれまでと違っていた。11月、谷川岳マチガ沢。12月、カタズミ岩KⅢ、武能岳。

1933（昭8）年　18歳　1月、谷川岳西黒沢。2月、芝倉沢。3月、白馬岳、小谷、笹ヶ峰。4月、富士山。5月、三ツ峠より笹子峠。6月、芝倉沢より谷川岳。8月、高瀬より槍ヶ岳・笠ヶ岳。9月、幽ノ沢より堅炭岩、11月、富士山。

1934（昭9）年　19歳　1月、芝倉沢。3月、棒ノ折、笹ヶ峰より妙高山。4月、蓬峠より武能岳、堅炭岩。

1935（昭10）年　20歳　東京帝国大学法学部の試験を受けに行く。その為の準備は全くせず、漢文も読めず、白紙に近い答案を出して不合格。両親は何も言わず。山行の度数も減らし、写生旅行に屢々出掛ける。友人に誘われて同人雑誌「道しるべ」を出し、家にいる時には『アナトール・フランスの感想集』を翻訳。詩集『如意輪』をまとめる。また、池袋に友人4、5人でアトリエを借りる。8月、北鎌尾根より槍ヶ岳。

1936(昭11)年 21歳

若干の迷いもあったが、東京帝国大学文学部哲学科に入学。志望者が定員に達せず無試験。ラテン語、ドイツ語の必要を感じ、暫く夜学に通ったが中断。

1937(昭12)年 22歳

詩と散文集『薄雪草』をまとめる。誘われて「哲学評論」の同人に加わる。依頼を受けて山の雑誌「山」「山と溪谷」「山小屋」などへ執筆。12月、最初の著書『乖離―或は名宛のない手紙』(筆名初見靖一)を泰文堂より出す。

1938(昭13)年 23歳

9月に東京市麴町区1番町20番地に移転。近くにエッチング研究所があり、同所より発行の「エッチング」に、オディロン・ルドンの『日記』を翻訳して連載。エッチング・プレスを購入して西田半峰氏よりその技法を習う。

1939（昭14）年　24歳

3月、哲学科を卒業。卒業論文は「パスカルの無限について」。直ちに大学院に入る。一方、大学時代から知合った友人と「獣帯叢書」と名付けた12冊で終る予定の叢書を考え、十字屋書店より『白羊宮』を出したが、費用をかけ過ぎ、この1冊で終る。9月5日、父死去。72歳。同月、哲学研究室副手を命ぜられ、哲学会委員にもなり、「哲学雑誌」を編輯。

1940（昭15）年　25歳

2月、千葉県柏の高射砲聯隊へ入営したが、即日帰郷。再検査となる。4月より上智大学予科講師となり、論理学を講義する。5月より、九段の仏蘭西語専修学校にも出講。前年続けられなくなった「獣帯叢書」に代る文芸雑誌「冬夏《とうげ》」を、同じ十字屋書店を発行所として始め、16号まで続ける。雑誌統合の命令で、発行は不可能になった。

1941（昭16）年　26歳

4月、佐佐木美枝子と結婚。12月8日、太平洋戦争始まる。

1942（昭17）年　27歳

5月、世田谷野砲聯隊に応召、身体検査の結果、即日帰郷。8月に長男和美《かずよし》生まれる。

1943（昭18）年　28歳

3月、東京市豊島区巣鴨一丁目一〇八番地へ移転。12月、二男光弘《みつひろ》自宅にて生まれる。生活を思切り縮小。電話もない。

1944（昭19）年　29歳

徴用を考え、警防団への勧誘に応じ、班長から部長になる。空襲の合間に、ロバン『パンセ・グレック』の翻訳を進め、哲学科卒業者の集り日曜会に招かれ、ラ・ブワチの『意志隷従』について話す。

1945（昭20）年　30歳

3月、家族と共に山形県新庄の旅館に移る。単身、東京へ戻ったが、4月に巣鴨の家は焼失した。6月に新庄の北の農村荒《あら》小屋《こや》に移り、農業の手伝いをはじめる。8月15日、敗戦。共によろこぶ。家のない東京へ無理をして戻る気持もなく、長い厳しい冬を迎える。

1946（昭21）年　31歳

炉端でパスカルを読み、想い浮かぶことを綴る。将来の見通しのない夏の間、森の中や川べりで過ごす。9月になって、東京都三鷹町牟礼九一一番地に家が見附かり引揚げる。附近に小川、丘陵、畑、雑木林も多く、散歩に適し、夜は星空を眺める。

1947（昭22）年　32歳

5月、三男怜《さとし》が自宅で誕生。母校東京高等学校が近くに移り、講師として田圃道を歩いて通い、続いて国学院大学、武蔵野美術学校、桐朋学園、文化学院で、文学、哲学関係の講義をする。また依頼を受けて雑誌や新聞に原稿を執筆し、放送や講演の度数も増える。

1948（昭23）年　33歳

誘いを受けて「歴程」の同人となり、内幸町にあった外務省の地下の集会場で行われた「耳の会」にも欠席することがなかった。「耳の会」は後に個人の家で行われた。

1949（昭24）年　34歳

4月、東京外事専門学校（後、5月に東京外国語大学）で哲学、近代哲学、倫理学、文学等の講義をはじめ、1965年に及ぶ。近郊へ写生に出掛ける。その秋、肺浸潤と診断され、暫く休講。

1951（昭26）年　36歳

数人の仲間と文庫版の詩誌「アルビレオ」をはじめ、屢々会合をし、大小の会場で展覧会を催し、さまざまの品物を展示した。この詩誌は42号まで刊行。5月、杖突峠、霧ヶ峰。8月、取材のため、長崎より「宗谷」に乗船し、マージ颱風にも追われながら九州西北部、対馬などの灯台を約半月廻る。

1952（昭27）年　37歳

又々山を歩き出した頃、外語大に山岳部が出来、その部長を引受ける。それとは別に9月、10月に八ヶ岳に登り、水彩画を多く描く。

1953（昭28）年　38歳

2月、伊勢に滞在。五十鈴川上流や朝熊山に登る。5月、谷

1954（昭29）年　39歳
川岳芝倉沢、11月、西穂高岳。6月、籠坂峠、7月、福島県石城郡好間村、8月、霞ヶ浦、犬吠埼の旅。

1955（昭30）年　40歳
春から『博物誌』を書き始め、「知性」「朝日新聞」に長期に連載。5月、鳥海山に登る。9月、宮沢賢治について執筆のため、小岩井農場、種山ヶ原を訪れ、太平洋沿岸を歩く。

1956（昭31）年　41歳
5月、八海山、8月、割引沢から巻機山、9月、大源太山、11月、甲斐駒ヶ岳に登る。

1957（昭32）年　42歳
まいんべるく会に加わる。5月、白馬岳で映画『悦ばしき登攀』を撮影。5月、白峰三山、7月、鳥甲山。10月6日、母死去。

1958（昭33）年　43歳
2月、3月、積雪期の鳥甲山に登る。3月、特殊な山の芸術誌「アルプ」を創刊。8月、北多摩郡小金井町小長久保2328番地へ転居。9月に木曽御岳に登る。

1959（昭34）年　44歳
4月より毎月「自然とともに」（NHK）の放送を引受ける。月に2、3回の放送。1月、父不見山、5月、阿武隈の山、7月、雨飾山、戸隠山、安倍川上流、9月、早池峰山、燕岳、12月、金峰山などに登る。

1960（昭35）年　45歳　再びエッチング、木版画をつくる。5月、チリ津浪取材のため女川へ行く。6月、夜、島々谷を遡行。10月、北八ツ。12月、北海道のノシャップ岬まで。

1961（昭36）年　46歳　ブロック・フレーテの集りコンソール・ゼフィールに加わる。3月、七ツ岳、荒海山。8月、立山で映画撮影。12月、南九州の山と蒜山。

1962（昭37）年　47歳　5月、北海道の長期間の山旅。11月、上高地に画家曾宮一念氏と滞在。

1963（昭38）年　48歳　3月、変形性脊椎症に罹り、1カ月動けず、秋までコルセットをつけた生活を続ける。

1965（昭40）年　50歳　3月、東京外国語大学を退職。これによって教壇生活を終り、講演も数を減らす。4月よりFM東海で音楽番組「夜の随想」を引受ける。これがFM東京に引き継がれ「音楽の絵本」となる。西日本新聞に「西風の歌」の連載。

1966（昭41）年　51歳　12チャンネルから「音楽誕生」を放映。

1967（昭42）年　52歳　7月、福井、東尋坊へ旅。

1968（昭43）年　53歳　近くの丘陵を歩く。10月、妙高。

1970（昭45）年　55歳　1月より「月刊事務用品」に文房具について4年間連載。後、『文房具』『文房具52話』などの単行本となる。

1971（昭46）年　56歳　「淡交」「フィルハーモニー」などに連載。

1972（昭47）年　57歳　1月、南伊豆の旅。3月より「みや通信」へ「四季のうた」を続ける。

1974（昭49）年　59歳　1月、竹林会に入会。総合放送に366日分を録音。6月、来日のレイモン・ペイネ夫妻来日し、対談。

1981（昭56）年　66歳　8月、5年間編集発行人となっていた「心」を終刊。昭和23年7月号より、昭和56年7・8月合併号まで33年間発行。

1983（昭58）年　68歳　2月、「アルプ」300号で終刊。新聞、雑誌にこれを惜しんだ記事が多く出る。1989（平成元）年までの11年間、「音楽鑑賞教育」に、毎号表紙の絵と裏表紙に詩を書く。134回分。

1994（平6）年　79歳　2月、1965年4月より始めた「音楽の絵本」を1500回で終る。音楽の絵本の会が出来、雑誌の発行、小旅行が続いている。

1996（平8）年　81歳　5月、結核予防会複十字病院にて肺結核と診断され、約半年間、

3種類の強い薬によって辛い日々を過ごす。仕事は続けていた。

1999（平11）年　84歳　6月、7月銀座スルガ台画廊にて新作展を久々に開く。

2000（平12）年　85歳　9月より山と溪谷社の「自然の愉しみ方」に連載を始める。

2005（平17）年　7月8日、死去。享年89。

（以上、著者編）

付記

一、『若き日の山』は一九五五年に河出書房から河出新書として刊行（本書ⅠからⅢを収録）。一九七二年に『自然手帳』、『霧と星の歌』「古いケルン」『乖離』ほかを加えて、実業之日本社から再刊されました。二〇〇一年、実業之日本社版の「若き日の山」「古いケルン」の章に、『串田孫一集』第三巻（一九九八年・筑摩書房）から「春の富士」と「岩稜の一夜」の二編を追加し、『ヤマケイ・クラシックス　若き日の山』（山と溪谷社）として刊行。本書は「ヤマケイ・クラシックス」版を底本として、河出新書版から挿画を収録しました。

二、一部例外を除き、常用漢字表に掲載された旧漢字は常用漢字に改めました。旧仮名遣いは新仮名遣いに改めました。原著の振り仮名を尊重した上で、難読と思われる漢字に振り仮名を加えました。

若き日の山

二〇一七年三月十日　初版第一刷発行

著　者　串田孫一
発行人　川崎深雪
発行所　株式会社　山と溪谷社
郵便番号　一〇一―〇〇五一
東京都千代田区神田神保町一丁目一〇五番地
http://www.yamakei.co.jp/
■商品に関するお問合せ先
山と溪谷社カスタマーセンター
電話　〇三―六八三七―五〇一八
■書店・取次様からのお問合せ先
山と溪谷社受注センター
電話　〇三―六七四四―一九一九
ファクス　〇三―六七四四―一九二七

フォーマット・デザイン　岡本一宣デザイン事務所
印刷・製本　株式会社暁印刷

定価はカバーに表示してあります

Printed in Japan ISBN978-4-635-04832-3

ヤマケイ文庫の山の本

新編 単独行
新編 風雪のビヴァーク
ミニヤコンカ奇跡の生還
垂直の記憶
残された山靴
梅里雪山 十七人の友を探して
ナンガ・パルバート単独行
わが愛する山々
星と嵐 6つの北壁登行
空飛ぶ山岳救助隊
私の南アルプス
生還 山岳捜査官・釜谷亮二
【覆刻】山と溪谷
山と溪谷 田部重治選集
山なんて嫌いだった
タベイさん、頂上だよ

ドキュメント 生還
日本人の冒険と「創造的な登山」
処女峰アンナプルナ
新田次郎 山の歳時記
ソロ 単独登攀者・山野井泰史
トムラウシ山遭難はなぜ起きたのか
凍る体 低体温症の恐怖
狼は帰らず
マッターホルン北壁
単独行者《アラインゲンガー》 新・加藤文太郎伝 上／下
大人の男のこだわり野遊び術
空へ 悪夢のエヴェレスト
精鋭たちの挽歌
ドキュメント 気象遭難
ドキュメント 滑落遭難
山のパンセ
山の眼玉

山からの絵本
K2に憑かれた男たち
「槍・穂高」名峰誕生のミステリー
ザイルを結ぶとき
ふたりのアキラ
なんで山登るねん
山をたのしむ
穂高に死す
長野県警レスキュー最前線
ドキュメント 道迷い遭難
深田久弥選集 百名山紀行 上／下
穂高の月
果てしなき山稜
ドキュメント 雪崩遭難
ドキュメント 単独行遭難
生と死のミニャ・コンガ
紀行とエッセーで読む 作家の山旅